長編官能ロマン

年上の女《ひと》

色街そだち

草凪 優

祥伝社文庫

目次

第一章　ゆきずり　5
第二章　あまごい　46
第三章　つゆざむ　86
第四章　あらたま　130
第五章　うつりぎ　178
第六章　さすらい　226
解説　猿楽《さるがく》一《はじめ》　276

第一章 ゆきずり

1

原色の服を着た女たちの群れが、疲労にかすれた眼にしみた。

ボディコンシャス——躰《からだ》を意識するという意味をもつその衣装は、胸元から腰へと続く女性ならではの流曲線を極端に強調し、けれども自分たちが意識する以上に、男たちの視線を意識している。

（くそっ、すけべったらしい格好で歩きやがって……）

岸田正道《きしだまさみち》は横目で女たちを盗み見ながら、内心で舌打ちした。色鮮やかな赤や青のボディコンは収縮素材でできており、女たちの躰にぴったりと貼《は》りついて胸や尻の丸みを露《あら》わにし、裾丈《すそたけ》は太腿《ふともも》を半分以上露出するほどの超ミニだった。さらに、じゃらじゃらした大ぶりのイヤリングやネックレス、腰に巻かれたチャンピオンベルトのように派手なベルトなどと相まって、ある意味、裸以上に悩殺的だ。

「ねえ、おにいさん」

赤いボディコンの女が、表通りから路地に入ってきた。ワンレングスと呼ばれる、腰までまっすぐ伸びた黒髪をなびかせていた。饐《す》えた匂いのするアスファルトを叩《たた》いても、十センチはありそうなハイヒールはカツカツと高慢な音をたて、薄汚れた暗い路地の風景から女の存在を際立《きわだ》たせる。

正道は片づけていた生ゴミ用のビニール袋から手を離し、立ちあがった。

「このへんにイミテイション・ゴールドってあるでしょ？　どこにあるか知りません？」

女が訊《たず》ねてくる。整った顔をしていたけれど、メイクで太く強調されすぎた眉と、昆虫の触覚《しょっかく》のように跳ねあげた前髪が異様だ。

「……さあ」

正道は視線をそらして首をかしげた。女が訊ねてきたのは、おそらくディスコかクラブの場所だろう。しかし、流行《はや》りの店に縁のない正道には答えようがない。

「もぉう、意地悪しなくたっていいじゃないですかぁ」

女は媚《こ》びたような舌っ足らずな口調で言ったが、眼つきはどこまでも高慢だ。

「おにいさん、この居酒屋の従業員でしょ？　近所にある店の場所くらい、知ってるはずじゃないですかぁ」

「悪いけど、本当に知らないんだ」

正道はゴミ袋の口を縛る作業を再開した。それ以上の追及を拒《こば》むように背中を向けた正道を見て、女は溜《た》め息をつくようにつぶやいた。

「おにいさん、いくつ？」

「……二十歳《はたち》」

「へええ、タメ年だあ。二、三コ上だと思ったけど」

女はふんっと鼻で笑い、さらに言葉を継いだ。

「楽しいですか？」

正道は黙々と手を動かし、腐臭の漂うゴミ袋の口を閉じる。できることなら女の口も縛ってやりたい。

「あたし、おにいさんのことよく見かけますよぉ。いつも手を真っ黒にして生ゴミの片づけしてるでしょう？　働くのってそんなに楽しい？　若いときってもう二度とないのに、そんな汚れ仕事に時間費やしてさ……」

正道がそれでも無視していると、女は呆《あき》れたように首を振り、踵《きびす》を返した。その後ろ姿を、正道は横目で睨《にら》みつけた。真っ赤なボディコンの裾から伸びた二本の脚はハイヒールに支えられてどこまでも長く、ストッキングの光沢できらきらと輝いている。

時は一九九一年、六月――。

後世から振り返ればバブル経済の崩壊はすぐ目前だったが、人々はまだその空前絶後の好景気に浮かれ、未来を楽観的にしか予想していなかった。底抜けの色香《いろか》をあたりかまわず撒《ま》き散らすボディコン姿の女たちは、そんな世情をもっとも端的《たんてき》に象徴していたと言ってもいいだろう。

(楽しいわけ、ないじゃないか……)

正道は胸底で吐き捨て、油汚れにまみれた両手を腰のエプロンで拭《ぬぐ》った。

浮かれきった世間の底で、正道はひとり、出口の見えない生活にあえいでいる。焦燥《しょうそう》感だけを胸に抱いて、渋谷の路地裏にある大衆居酒屋で時給八百円のアルバイト。料理をつくるわけでもなく、料理をつくるための修業ですらない、単なる最下層の下働き。二度と戻らない青春を無駄にしていると言われれば、たしかにそのとおりなのかもしれない。

どうしてこんなことになってしまったのだろう?

三年前、故郷の北海道から東京に出てきたときは、二十歳の自分がよもやこんな生活に身を堕《お》としていようとは思ってもみなかった。

東京に出てきたのは自分の意志ではなく、幼いころ事故で亡くしてしまった両親に代わって正道を育ててくれた祖母が永眠し、浅草《あさくさ》でおでん屋を営む叔母・志津子《しずこ》に引き取られたからである。

浅草は初めて足を踏み入れる者にとってもどこか懐かしい街だった。その街で粋《いき》といなせを体現する男と出会い、自分もそうなりたいと憧れた。美しくも淫らな女たちに性の秘密を教わった。つらい別れもあったけれど、正道はたしかに浅草の街で、少年から大人の男に脱皮することができたのだった（『色街そだち』祥伝社文庫刊）。

大学進学を強く勧める叔母の反対を押しきって板前修業の道を選んだのは、浅草で暮らす気っ風のいい職人たちのように汗水垂《た》らして働きたかったからだ。正道の熱意に根負《こんま》けした叔母は、神田の名門料亭『松葉《まつば》』に口を利《き》いてくれた。けれども、そこでの苛酷《かこく》な下積み生活に、正道は耐えられなかった。肉体的な限界以上に、いくら教わってもいっこうに手際がよくならない自分に絶望した。才能がないのだと思った。

いや、本当はそんなに格好のいいものではない。

鍋の洗い方がなってないと殴られ、野菜の扱いがぞんざいだと蹴飛ばされ、料理の旨《うま》いまずいを口にすれば、寄ってたかって生意気だとどやしつけられる毎日に嫌気が差し、一年働いたところでケツをまくって逃げだしたのである。

ところが、生活の糧《かて》を得るため、なるべく下町から離れた渋谷《しぶや》でアルバイトを始めてみれば、『松葉』のおやっさんやにいさんたちに殴られていた日々のほうがまだマシだったと思わざるを得なかった。

渋谷は若者の街だった。

バブル景気で潤《うるお》った親たちの金で身を飾り、享楽《きょうらく》的に暮らしている連中を毎日目《ま》の当たりにする。みな、正道と年端《としは》が変わらなかった。自分も大学に進学していれば、彼らや彼女らのように頭をからっぽにして遊び呆《ほう》けることができたのではないかと思わない日はなく、そんな情けない夢想をしてしまう自分がいやでいやでしょうがなかった。

板前修業をしていたときは、大学生に憧れたことなどない。ボディコンの女たちも、サークル名の入った揃いのジャンパーを着た連中も自分とは違う人種であり、バブルで浮かれる世間は異国だった。自分は自分の道を行くというプライドがあるときは、それでよかった。あるべき自分の将来だけに、胸を躍《おど》らせていれば充分だった。

(ちくしょう。これじゃあ、戻れやしねえよ……)

路地裏のゴミ捨て場で、正道は苛々《いらいら》と足踏みをした。

店に戻ることができないのは、股間が強く突っ張っているからだった。腰に巻いたエプロンは油汚れが固まってごわごわしているのに、それさえ跳ねあげる勢いで痛いくらいに勃起していた。先ほどのボディコン女の艶《なま》めかしい姿が、超ミニの裾からのぞいた太腿が、鼻につく香水の残り香が、疲れた躰を欲情させたのだ。

正確には劣情《れつじょう》ということになるのかもしれない。

正道はすでに、男と女の営みを知っていた。躰を重ねた女たちにはみな、愛《いと》おしさを覚えた。たった一度しかまじわらなかった相手にだって、どこまでも甘美な、あるいは狂おしいほどせつない思い出がある。

だが、赤いボディコンの女に愛おしさなど覚えない。ただ一心に、淫らな気持ちを揺さぶってくるだけである。

だから劣情なのだ。

世間が好景気で潤うほどに、街を行き交う女たちは眼に見えて綺麗《きれい》になっていった。綺麗になった女たちはさらなる金を求め、男を扇情《せんじょう》するセクシャルな衣装を着けて表通りを闊歩《かっぽ》している。バブルに躍る男たちには、彼女たちを釣る金がある。

金のない正道が、けっして入りこめない円環だった。むろん、入りこめなくて結構だ。人生の価値を銭金《ぜにかね》で計ろうとする連中など、心の底から軽蔑《けいべつ》していると言っていい。にもかかわらず、躰の一部が変質する。どうしようもない欲望が、後ろめたく、眼を背《そむ》けたい歪《ゆが》んだ劣情が、下半身を熱くたぎらせる。

「くそっ！」

空になったゴミ箱を蹴飛ばすと、ちょうど開きかけていた店の裏口のドアにあたり、出てきた板長に「サボってんじゃねえよ」と殴られた。

「……痛っ」

正道は唇を押さえてうずくまった。

人を痛めつけることだけを目的にした、どこまでも荒《すさ》んだパンチだった。安かろうまずかろうの大衆居酒屋の板長に、人を育てる意欲などない。ましてや正道はただのアルバイト。『松葉』のおやっさんの拳骨《げんこつ》にはなんと愛情があふれていたのだろうと、いまさら後悔しても遅すぎた。

2

梅雨《つゆ》入り間近を予感させる、湿った空気の夜だった。

店から駅に行く途中にあるセンター街の空気は、酔っぱらいの振りまくアルコールくさい吐息や汗のせいでよけいにべとつき、早足で歩いても肌に貼りついてくる。

浅草に帰る終電は、とっくに出てしまっていた。サボりを咎《とが》めてパンチを飛ばしてきた板長の小沢《おざわ》はそれだけでは飽きたらず、正道に閉店後の床磨《ゆかみが》きを命じてきた。もちろん、終電を逃させるためのいやがらせだ。わかっていても反論はしなかった。これ以上殴られるのもいやだったし、言い争うのも面倒だったからだ。正道にできることは、黒カビの浮かんだ床を意地になってモップで磨くことだけだった。

（しかし、どうする……）

駅前にあるタクシー乗り場はセンター街以上の人混みでごった返して、一時間待っても乗れないような状況だ。とはいえ、そもそもタクシーなど使えない。時給八百円で七時間働いて、渋谷から浅草までタクシーを使っては大赤字である。かといって、歩いて帰るには遠すぎる。気楽に泊めてくれる友達もいないし、ナイトパックのあるネットカフェという便利な存在も当時はまだなかった。

結局、始発まで時間を潰《つぶ》すしかなく、闇雲《やみくも》に街を歩きまわった。

タクシー乗り場の喧噪《けんそう》を逃れても湿った空気が全身にまとわりつき、汗を噴きださせて不快感だけを募らせた。

南口の陸橋を渡って線路沿いを恵比寿《えびす》方面に向かい、途中で山手線をまたぐ陸橋を渡って明治通りをもう一度渋谷方面に戻ってきた。

道玄坂《どうげんざか》をのぼっていくと首筋から汗がしたたり、息があがった。

それでも歩くことをやめることができない。

小沢の理不尽ないやがらせに対する憤《いきどお》りだけが、そうさせたのではなかった。

なによりも、自分に対して憤っていた。『松葉』を逃げだした自己嫌悪が歩速を速め、将来に対する焦燥感《しょうそう》が、ねっとりと湿った夜の闇を切り裂かせる。

(……んっ)

不意に立ちどまったのは、汗を拭《ふ》くためでも、乱れた呼吸を整えるためでもなかった。

道玄坂の途中であてもなく入りこんだ路地で、女の姿に眼を奪われたからだ。

飲みすぎて嘔吐《おうと》したらしい。

女は電信柱に手をつき、苦しそうに肩で息をしていた。

年は二十代後半から三十くらい。上品なベージュのスーツを着て、バッグも靴も高価そうだったから、酔い乱れた姿と身なりがミスマッチだ。

しかし、それだけならよくある光景だった。世はバブルの狂乱のさなか。社会的に地位のある女にだって、吐くほどに酒を飲んでしまう夜くらいあるだろう。

問題は、乱れた長い黒髪からのぞく、蒼白《そうはく》になった横顔だった。

似ていた。

かつて胸が潰れるほど恋い焦《こ》がれた女に、その横顔は瓜《うり》ふたつだった。

（まさか……美咲《みさき》さん？）

彼女がこんなところにいるはずがないという思いと、いてもおかしくないという思いが、胸底で複雑に交錯《こうさく》する。

浅草の叔母の家であてがわれた部屋の向かいのアパートに、柴山清市《しばやませいいち》という寿司《すし》職人が住んでいた。美咲はその愛妻だ。正道は十七歳で童貞だったから、毎晩繰《く》りひろげられている夫婦の営みをこっそりのぞいては自慰に耽《ふけ》っていた。

清市は正道の憧れだった。

寿司屋の多い浅草界隈《かいわい》でも一目《いちもく》置かれる腕をもち、生き様に一本芯《しん》が通っていた。仕事と祭りと妻をこよなく愛し、無邪気な笑顔と巧《たく》みな話術で銭湯《せんとう》のスターだった。少年のような純情と、大人の男の色香と、おおらかな遊び心をもっていた。

清市のような男になりたいと正道は思い、その思いは自然と、清市の妻である美咲に対する恋心を育《はぐく》んだ。

もちろん、かなわぬ恋でかまわなかった。

清市に愛され、清市を愛する美咲こそ、正道の好きな美咲だったからである。

だがある日、清市は酒場での喧嘩《けんか》に巻きこまれ、人を殺《あや》めてしまった。

相手はやくざ者だったし、刃物を抜いたのも向こうだったが、清市には前科があったので、執行猶予《しっこうゆうよ》はつかなかった。

連れあいを失った美咲と、憧れを失った正道は、混乱のなかでたった一度だけ、躰を重ねた。

せつない情交だった。

いきり勃つ分身で美咲を貫き、身をよじるほど激しく精を吐きだしたはずなのに、思いだすだけで涙が出てきそうになる。

その後、美咲は故郷の九州で清市の帰りを待つという置き手紙を残して、正道の前から姿を消した。

行方は追っていない。

噂も聞かない。

正道の心にはいつも、故郷の田舎《いなか》町でじっと息をひそめ、刑務所から出てくる清市を待っている美咲の姿があった。

(どうしよう……)

いま眼の前で電信柱にしがみついている女は、本当に美咲だろうか?

可能性はあった。

あれからもう、三年近くの月日が流れている。

あやまちを犯した夫のことを待ちきれず、美咲が新しい人生を求めて再び上京していたとしても、誰にも責めることなどできないだろう。

時は人を変える。

身にしみて実感できる。

正道にとっても、この三年は長く険《けわ》しい道のりだった。

熱いものがこみあげてきて、それを制するようにふうっと大きく息をついた。

ちょうど傍らにジュースの自動販売機があったので、間をとるようにコインを入れる。

ガコンッ、と落ちてきたスポーツドリンクを取りだし、女の背中に近づいていく。

(美咲さん……俺……)

「……大丈夫ですか?」

スポーツドリンクの缶を差しだした。

「よかったら、これ飲んでください」

女が顔をあげた。

綺麗な瓜実顔《うりざね》は紙のように血の気を失い、つらそうに眉根を寄せていたけれど、顔立ちは端整《たんせい》に整っていた。切れ長の大きな眼、筋の通った高い鼻、ふっくらとした唇。古典的と言ってもいいその整い方は、ボディコンを着たいまどきの若い女とは違う種類の美しさをたたえている。

だが、美咲ではない。

よく似ているが別人だ。

美咲よりもなお、顔立ちが整いすぎるほど整っている。

「ありがとう」

女は頬《ほお》をひきつらせて微笑《ほほえ》み、

「でも、指に力が入らないの。悪いけど開けてくれない？」

「え、ええ……」

正道がプルトップを開けて缶を渡すと、女は苦しげに胸を押さえながらスポーツドリンクをひと口、ふた口、と喉《のど》に流しこんだ。

通りすがりの男の施《ほどこ》しを平然《へいぜん》と受けいれる態度は、無防備と言ってよかった。いや、彼女の振る舞いには酔った自分を男が介抱《かいほう》するのは当然であるという雰囲気があり、それが言い知れぬ高貴さを感じさせた。危うさと裏腹の高貴さだ。

顔立ちが整いすぎているせいかもしれないし、吐くほどに酔っているせいかもしれない。いずれにしろ、美咲と相対したときにそんなことを感じたことはない。美咲は正体を失うほど泥酔しても、どこか毅然《きぜん》としたところがあった。毅然としたなかにも、滲《にじ》みでるやさしさがあった。

「あの……美咲さん、じゃないですよね？」

念のため訊ねてみると、女はきょとんとした顔で首をかしげた。

「すみません……」

正道は苦笑まじりの溜め息をもらし、頭をさげた。

「知りあいによく似ていたものですから」

「人違い？　それとも人違いのふりしたナンパかな？」

水分補給がよほど効いたのか、女は少し元気になって悪戯《いたずら》っぽくささやくと、覚束《おぼつか》ない足取りで電信柱を離れ、ガードレールにもたれかかった。長い黒髪をかきあげて星のない夜空を仰《あお》ぎ、大きく息をついた。

「駅ってどっちかしら？」

女が訊ねてくる。

「あっちですけど……」

正道は渋谷駅の方を指さし、

「でも、終電とっくに出ちゃってますよ」

「駅前にタクシー乗り場があるでしょう？」

「すごい混雑で、一時間待ちって感じでしたけど」

「そう……」

女はもう一度天を仰いで大きく息をつく。

立ち去るべきだった。美咲ではないとわかった以上、もう彼女に用はない。

なのに、足が動かなかった。

夜の街を闇雲に歩いたせいで疲れていた。

だがそれよりも強く、女の雰囲気にとらわれていた。彼女には、男の視線を惹《ひ》きつけて放さないなにかがあった。

「ねえ、どっちなの？」

女がささやく。

「人違いのふりをしたナンパなの？　わたしはべつに、それでもかまわないけど」

くすくすと笑い、濡れた瞳で妖《あや》しい視線を送ってくる。

不思議な女だった。眼つきは虚《うつ》ろで焦点《しょうてん》も合ってなく、唇はだらしく半開きになっているのに、崩れた感じがしない。危ういバランスで、ただ美しさだけを感じさせる。

「すいません。本当に人違いなんです」

「なんていう女と間違えたの？　即答せよ」

女は教師のような口調で言った。正道がかなり年下であることに気づいたのだろう。

「み、美咲さんです……柴山美咲……」

「ふうん」

女はにっと笑い、

「わたしの名前は美咲じゃなくて奈津実《なつみ》。奈落《ならく》の奈に、津波の津に、実行犯の実」

「ずいぶん不吉なたとえですね」

正道が苦笑すると、奈津実も笑った。

「ふふっ、そうね……でも、美咲さんに感謝しなきゃ。おかげで少し楽になった」

スポーツドリンクの缶をかざしてウインクし、白い喉を見せてごくごく飲む。

あっ、と思った。

缶を持った左手の薬指に、銀色の指輪が光っていた。

人妻なのだ。

正道の頭のなかで、同時にふたつのことが閃《ひらめ》いた。

ひとつは、美咲も人妻だったということだ。美咲と同じように、奈津実と名乗《なの》った彼女にも、愛し愛される男がいる。身なりから考えれば、おそらくそれなりに稼ぎがあり、裕福な夫が彼女の生活を支えているのだろう。

そしてもうひとつは、『松葉』のカクにいさんが言っていたことだ。

街でいちばんひっかけやすい女って知ってるか？　店の裏で一緒にタマネギの皮を剝《む》きながら、カクさんに問いかけられた。正道はさあと首をかしげた。街で女をひっかけたことなどなかったからだ。

人妻だよ、とカクさんは自信満々に言ってのけた。

ナンパするなら人妻に限るぜ。それも結婚四、五年経ってる、三十くらいの専業主婦が最高だな。ダンナは外で適当に遊んでても、養われてる女のほうはそうはいかない。毎日家のなかで単調な暮らしを強《し》いられて、欲求不満は爆発寸前。だから、澄《す》ました顔しててもちょっと甘い言葉で誘ってやれば、久しぶりに女に戻った気分でほいほいついてくるって寸法《すんぽう》だ。しかも、若い女みたいにベッドで遠慮なんかしないしな。人妻ってのは、ひと皮剝けば獣《ケダモノ》だよ。おまけに、家庭を壊して経済基盤を失くすつもりはないから、後腐《あとくさ》れなく遊べちゃうし……。

（人妻、か……）

スポーツドリンクを飲むために見せている奈津実の白い喉が、急に艶めかしく見えてきた。カクさんの言葉を鵜《う》呑《の》みにするつもりはなかった。すべての人妻が欲求不満を抱え、甘い言葉で誘われるのを待っているわけではないだろう。それでも、もしかしたら据え膳にありつけるかもしれないという不埒《ふらち》な思いが、劣情のくすぶっていた躰を不意に熱く昂《たか》ぶるらせたことも、また事実だった。

3

（これがラブホテルっていうやつか……意外に小綺麗なところなんだな……）

正道は動悸《どうき》を乱しながら室内を見渡した。

窓のない黒い壁、市松《いちまつ》チェックのフロアタイル、銀色のベッドカヴァー。モノトーンにまとめられた室内は、そこがセックスをするための空間であるという主張がなく、拍子《ひょうし》抜けしてしまうほどだった。もっとぎらぎらした猥雑《わいざつ》な場所だとばかり思っていたのに、どういうわけかピンボールマシンやバーカウンターまである。正道はラブホテルに足を踏み入れたのが初めてだったので、そこがいわゆるブティックホテルと呼ばれる、若者向けのおしゃれなホテルであることに気づかなかったのである。

奈津実を見た。

「……わたし、シャワー浴びてくる」

視線を合わせず、そそくさとバスルームに入っていく。程《ほど》なくしてシャワーの音が聞こえてきたので、正道はベッドに腰をおろした。

（おかしな人だな。部屋でふたりきりになるなり、恥ずかしそうにして……）

自然と口許《くちもと》がゆるみ、笑みがこぼれた。

タクシー乗り場がすくまで、どっかで休みませんか？

そう誘ったのは、正道のほうだ。

だが、ガードレールにもたれてとりとめのない会話を交わしながら、誘ってほしそうにしていたのは奈津実のほうだった。

困ったな、タクシー一時間待ちか……実はわたし、今日は帰りたくないんだ……朝までひとりで飲んでようかしら……。

会話の間があくと、奈津実はパンプスの爪先《つまさき》を見つめながら、そんな言葉をつぶやいた。つぶやいてはじっと押し黙り、正道の言葉を待った。おかげでナンパの経験が皆無の正道でも、すんなりホテルに誘うことができたのである。

奈津実は三十歳、世田谷《せたがや》区在住。

路上の会話で、彼女について知り得た情報はそれだけだった。

左手の薬指にある指輪については、なにも訊ねていない。

美咲によく似た瓜実顔は蒼白に染まってなお美しく、上品なベージュのスーツに包まれた躰はいかにも抱き心地がよさそうだった。

豊満というほど迫力があるわけではなかったが、胸のふくらみにもヒップにも年相応の艶めかしい量感があり、服の上からでも腰のくびれを隠しきれない。

(けっこう遊んでる人なんだろうな……)

彼女の振る舞いや雰囲気を思えば、もはや疑いようのない事実だろう。

べつにかまわなかった。正道にしても、ひと夜限りの火遊びのほうが、躰にくすぶった劣情を思う存分ぶちまけることができそうだ。

奈津実がバスルームから出てきた。

ホテルに備えつけられた、薄っぺらいグリーンのバスローブを着けている。髪を濡らさないように頭に巻いていたバスタオルを取ると、つやつやと光沢のある長い黒髪がするりと肩に流れ落ちた。酔いすぎて蒼白だった顔はほんのりとピンク色に染まり、唇も薔薇《ばら》の花びらのように赤く色づいている。

「じゃあ、僕も……」

勃起してしまった股間を隠すように腰を折り曲げ、正道はバスルームに入った。

熱いシャワーを浴びた。

幸運を噛《か》みしめずにはいられなかった。

指折り数えるまでもなく、セックスをするのは一年ぶりくらいだろう。

頭髪をシャンプーし、躰にシャボンをたてながらも、股間の分身はいきり勃つばかりである。

躰を拭うのもそこそこに、薄っぺらいバスローブを羽織《はお》って部屋に戻った。

天井の蛍光灯は消され、部屋のコーナーとベッドの枕元にあるふたつのスタンドが部屋を暗いオレンジ色に染めていた。

奈津実はベッドにちんまりと腰かけ、テレビを見ていた。若手タレントがだらだらとパチンコをしたり散歩をしたりしているだけのくだらない深夜番組だ。女のタレントの馬鹿笑いがうるさく、正道は顔をしかめた。

「好きなんですか、これ？」

「べつに……」

奈津実がぞんざいにリモコンでテレビを消した。

正道は奈津実の隣に腰かけた。

テレビを消したことで急に訪れた静寂が、耳に痛い。

シャワーによって顔色を取り戻した奈津実は、けれども首をすくめてひどく緊張していた。よく見ると、小さくすぼめた肩が震えている。

「なんだか緊張しちゃいますね」

正道はおどけた調子で言ったのだが、奈津実は笑わなかった。

顔もあげなかった。

バスローブに包まれた躰から、ただ熟《う》れた女の濃密な色香だけを漂わせている。

正道は震える肩を抱いた。

薄い生地《きじ》越しに、女体のまろやかさと熱いぬくもりが伝わってくる。

強く抱きしめると奈津実はよけいに躰を小さくしたが、正道はかまわず押し倒した。

「あっ……」

銀色のベッドカヴァーに、長い黒髪がひろがった。

正道は覆い被《かぶ》さるようにして唇を重ねた。

「うんっ……うんんっ……」

柔らかな唇を吸いたてると、奈津実は鼻を鳴らして応《こた》えてくれた。けれども、ぎこちない応え方だ。自分から口を開くことも、舌を出してくることもない。

正道は舌を出した。

薔薇の花びらのような唇を、ねっとりと舐《な》めた。

上唇と下唇の合わせ目を丁寧《ていねい》になぞった。

「うんんっ……あぁっ……」

舌で強引に口をこじ開けると、奈津実は小さくあえいだ。

三十歳の人妻、いかにも遊び慣れたかのように見える彼女にしては、ずいぶん初々《ういうい》しい反応である。

唾液《だえき》が糸を引くほどに、深く舌をからめた。

奈津実の舌は細長く滑《なめ》らかで、正道の舌から逃げまどうようによく動く。

「んんんっ……」

奈津実は首を振ってキスをほどくと、
震える声でささやいた。

「か、勘違いしないでね……」

「わたし、普段はこんなことする女じゃないのよ……その……ナンパについてきたのだって、生まれて初めてなんだから……」

頬がピンク色に染まっているのは、湯上がりのせいでも、キスに興奮したからでもなかったらしい。

「そ、そうだったんですか……」

正道はうなずきつつも、気持ちは半信半疑だった。路上で話した彼女は、たしかに誘いを待っているように見えた。しかしいまの奈津実は、三十という年齢や、大人びた容姿に不似合いなほど羞《は》じらっている。

どちらが本当の彼女だろうか？

どちらでもかまいやしなかった。

奈津実のバスローブの紐《ひも》を解《ほど》いた。

前を割ると、ココア色のブラジャーが姿を現わした。

大人っぽいブラジャーだった。色がシックなだけではなく、レースをふんだんに使ったデザインが、いかにも高級ランジェリーという感じがする。

「……そんなに見ないで」

奈津実が両手を胸元で交差させた。

正道は女体を抱きしめ、熟れた果物の薄皮を剝《は》ぐようにバスローブを脱がした。ミルクを溶かし込んだように白い素肌が、まぶしく眼を射ってくる。

（す、すごいっ……）

思わず息を吞んでしまう。

オレンジ色の照明を浴びてなお白く輝く肌色も、脂《あぶら》が乗って光沢《こうたく》さえたたえた質感も、息を吞まずにはいられなかった。そのうえ、腰のくびれは予想以上にくっきりし、女にしかあり得ない流曲線をこれでもかと見せつけてくる。縦に割れた小さな臍《へそ》はどこまでも高貴で、股間にぴっちりと食いこんだココア色のパンティに至っては、眼にしただけであまりの色香に身震いが走った。

「……やだ」

奈津実がピンク色に染まった顔をそむける。

視線が一瞬、正道の股間をとらえたのだ。下着を着けていなかったので、興奮しきった分身がバスローブの合わせ目から顔を出し、赤黒く膨張した亀頭の先からとろみのあるカウパーを滲ませているところを見られてしまったのだ。

いささか気まずかったけれど、かまっていられなかった。

羞じらいに頬を染めている奈津実を抱きしめ、ブラジャーのホックをはずした。着痩《きや》せするタイプなのかもしれない。腕や背中や脇腹は肉が薄いのに、出るべきところだけはきちんと出ている躰だ。

汗ばむココア色のカップの下から姿を見せたふたつのふくらみは、思った以上にむっちりと豊満で、悩ましいほど丸みを帯びていた。他の部分が痩せているから、よけいにそう見えるのだろう。

大きいけれど、形もよかった。仰向《あおむ》けに寝ていても重力に負けず、お椀《わん》形をしっかりと維持《いじ》している。

ただでさえ色白なのに、胸元からふくらみの上半分にかけての肌は他の部位よりなお白く、血管が青白く透《す》けている。

乳首は赤く、小さい。

丘の上に咲いた一輪の花のように、可憐《かれん》なたたずまいだ。

「き、綺麗だ……」

思わず言葉がもれた。

褒《ほ》めたつもりなのに奈津実は恥ずかしがり、いやいやと身をよじる。

正道はきつく女体を抱きしめた。内側から火照《ほて》りはじめている奈津実の肩に腕をまわし、もう一方の手で豊かな乳房をすくいあげた、

「んんっ！」

奈津実が眼を閉じ、眉根を寄せる。唇を引き結び、声を出すのを必死にこらえている。

(た、たまんねえ……)

正道は陶然《とうぜん》としながら手指を動かした。

手にしてみると、見た目以上に魅惑的な乳房だった。

指をやすやすと沈ませるほど柔らかいのに、揉みしだくほどに弾力を増し、乳肉が手の

ひらに吸いついてくる。

まるで搗《つ》きたての餅《もち》のようだ。

捏《こ》ねるように揉みこんでいくと、ふくらみの表面に汗が浮かび、

「んんっ……あああっ……」

奈津実の口から、悩ましい声がもれた。

感度も抜群らしい。

正道は夢中で揉んだ。左手で女体を抱擁《ほうよう》していることがもどかしくなり、両手を使って左右の乳肉を揉みくちゃにした。

「ああっ……あうううっ……」

喜悦に歪んだ声とともに、まだ触れていない赤い乳首がむくむくと頭をもたげ、女体の興奮を伝えてくる。

4

ツンと尖《とが》ったふたつの赤い乳首は、まるで木いちごのようだった。

突起する前は控えめにすら見えた奈津実の乳首は、興奮に頭をもたげると予想以上に大

きくふくらみ、赤みを増した。乳輪のつぶつぶがいやらしく、舌を這《は》わせずにはいられなくなる。

「あううっ！」

乳輪を舐めあげると、奈津実は声をあげて身を反《そ》らせた。

正道は奈津実の太腿を両脚で挟んだ。馬乗りになって双乳をつかみ、左右の乳首を交互に舐めまわしはじめた。

焦《あせ》るな、焦るな、と自分に言い聞かせていた。

一年ぶりのセックス、しかも奈津実のようないい女を手中にして、気持ちはどんどん逸《はや》っていくばかりだが、乱暴にして彼女の気分を損ねてはすべてが台無しだ。

舌先を伸ばし、くすぐるように乳輪を舐める。

突起した乳首の側面を、ねろり、ねろり、とねちっこく刺激してやる。

「くっ……くぅううっ……」

奈津実は身をよじり、絞《しぼ》りだすように声を出す。

その悩ましい反応に胸を躍らせながら、正道は両手で執拗《しつよう》に乳肉を揉み、舌先で乳首をねぶりまわしていく。

満を持して口に含んだ。

グミのような感触を味わうように、まずはやわやわと吸いたてる。

たっぷりと唾液をまとわせ、鮮やかな赤い色に光沢を与えてやる。

「くぅうっ……ううううっ……」

奈津実の顔が、耳が、首筋が、生々しいピンク色に染まっていく。縦皺《たてじわ》の寄った眉根がきりきりと吊《つ》りあがり、半開きの唇がわななく。

なんと淫らな光景だろう。

まだ乳房を愛撫しているだけにもかかわらず、陶酔《とうすい》を誘うような表情の変化だ。

（よーし……）

少し名残惜《なごりお》しい気もしたけれど、正道はいったん奈津実の乳首から口を離した。

上体を起こし、じりじりと後ろにさがる。

脇腹から腰に向けて、両の手のひらを滑《すべ》らせていく。

うっとりするような腰のくびれが鼻息を荒くし、視界に入りこんできた股間に食いこむココア色のパンティに鼓動が乱れた。このまま最後の一枚を奪いとれば、草むらや女の花がすぐ眼の前だ。

「ま、待って……」

だが、パンティに手をかけると奈津実が声をあげた。

「恥ずかしいから、そんなふうに脱がさないで……」

潤んだ瞳で首を振り、躰を起こして枕元のスタンドのスイッチを切った。

ふたつついていたスタンドの照明がひとつになり、薄暗かった視界がさらに曖昧《あいまい》になってしまう。

「こっちに来て……」

奈津実に腕を取られ、正道は寄り添うように躰を横たえた。

「わたし、見られるの苦手だから……」

「は、はあ……」

奈津実があまりにも真顔で哀願するので、正道は苦笑してうなずくしかなかった。

いい歳《とし》をした人妻なのに、なんという羞じらい深さだろう。

パンティのなかを見られるのが苦手ということは、クンニリングスも苦手に違いない。いささかがっかりだが、それならそれで仕方がなかった。無理強《むりじ》いをして、つむじを曲げられてしまっても困る。

気を取り直して奈津実を抱き寄せ、ココア色のパンティに包まれたヒップを撫でた。

見た目ばかりではなく、触り心地もたまらなく丸みを帯びている。

乳房と違ってゴム鞠《まり》のような弾力があり、その肉をぴったりと包みこむパンティの感触がどこまでも妖しい。

「あなたも脱いで……」

奈津実がバスローブの紐を解いてくる。

正道は滑稽《こっけい》なほどの素早さでバスローブを脱ぐと、そそり勃つ男根を露わにしてもう一度奈津実を抱きしめた。

「あ、熱い……」

勃起しきった分身が柔らかな奈津実の太腿をへこませ、とろりと漏れたカウパーが素肌を濡らした。

正道はこみあげる欲情に身震いしながら、再び奈津実の尻《しり》に手を向けた。

さわり、さわり、と撫でまわしてから、パンティのなかに手のひらを滑りこませていく。

丸々とした尻肉は、生で触るとひときわいやらしい感触がした。

陶然となって指を動かし、ゴム鞠のような弾力を味わわずにはいられない。

「んんっ……んんんっ……」

奈津実が身悶《みもだ》える。

その躰をいなしながら、正道はヒップのほうから剝がすようにしてパンティをおろしていく。女の花を拝むことができないのが残念でならないが、腕のなかで悶える奈津実の反応もたまらなく悩ましく、剝きだしの肉茎をいきり勃たせる。

「あああっ……」

ココア色のパンティを太腿までずりおろすと、奈津実は羞じらいにひきつった声をあげ、正道の胸板に顔を押しつけてきた。

ただでさえ薄暗い室内でお互いの躰が密着し、奈津実の下半身をのぞき見ることがほとんど不可能になってしまった。

正道は内心舌打ちしながら、右手を動かした。

剝き身になった尻肉を撫でさすり、くびれた腰を経由して、じわり、じわり、と手のひらを躰の前面に運んでいく。

（……あっ）

指先が猫の毛のように柔らかい恥毛に達すると同時に、湿った熱気を感じた。

まだぴったりと閉じあわされている太腿、その間から漂ってくる淫らな熱気である。

羞じらいながらも、奈津実はしっかり燃えていたのだ。

正道は息を呑み、逸《はや》る気持ちを抑えながら、そろりと恥毛を撫でた。

柔らかいだけではなく、欲望の深さを示すようにふっさりと量が豊かだった。

こんもりと盛りあがった恥丘に生えたその纖毛《せんもう》を撫でるほどに、全身の神経が指先に集中していく。

指で草むらを搔《か》きわける。

湿った熱気が密度を増し、ねっとりと指にからみついてくる。

纖毛の生えた肌は下に行くほど柔らかく、ぐにぐにしたいやらしい感触になっていく。

「んんんっ！」

奈津実が声をあげ、半開きの唇を震わせた。

正道の指が、ついに女の急所に届いたからだった。

しとどに濡れていた。

くにゃくにゃと卑猥によじれた花びらはまだぴったりと口を閉じているにもかかわらず、その合わせ目から熱い粘液があふれていた。

「ああっ……いやあっ……」

自分でも濡れていることに気づいているのだろう。奈津実はしきりに身をよじり、熱く火照った顔を正道の胸板に擦りつけてくる。

正道はかたくなに閉じられている太腿を開くため、まずはパンティを脚からすっかり抜き去った。

尻肉に負けず劣らずむっちりと弾力のある太腿を揉みしだき、手のひらを両腿の隙間に埋め込んでいく。

「ああああっ！」

ぐいっと太腿を割りひろげると、奈津実は声をあげ、両脚を再び合わせようとした。しかし、もう遅かった。正道の右手はすでに、花びらを中心とした女の急所をすっぽりと包みこんでいた。

人差し指と親指を花びらの合わせ目にあてがい、輪ゴムをひろげるように割りひろげる。湿った熱気の源泉に指を伸ばせば、ぬるぬると卑猥な感触のする粘膜が、男の指を迎えいれてくれる。

「んんんっ……くぅうううっ……」

奈津実はくぐもった悲鳴をもらし、正道の胸板に額《ひたい》を押しつけながら首を振ったが、こみあげる刺激に抗《あらが》いきれない。粘膜をいじりたてるほどに太腿から力が抜けていき、左右に開いていく。新鮮な粘液をあとからあとから分泌させ、指がひらひらと泳ぐほどの大洪水になっていく。

（な、なんて濡れ方だ……）

瞬《またた》く間に手のひらまでをぐっしょり濡らした奈津実の反応に、正道は気圧《けお》されてしまいそうだった。そうならなかったのは、正道のほうも奈津実に負けないくらい興奮状態に陥っていたからだ。

頭を真っ白にし、ただ指先だけに神経を集中して、愛撫《あいぶ》を送りこんだ。ぬるぬるにぬめったひだの層、その一枚一枚をめくりあげるようにして入り口をまさぐり、浅瀬に指を沈めていく。

沈めたまま、割れ目を縦になぞりたてる。

下から上へ指を動かすほどに、言いようのない陶酔が訪れる。

指が肉の合わせ目に到達すると、ぬめったひだの奥に沈んでいた、ぽっちりとした突起が見つかった。

クリトリスだ。

正道は慎重に指を運び、まずは突起のまわりでくるくると指を躍らせた。

それから、触覚だけを頼りに、包皮を剝いたり被せたりする。

「んんっ……んんんっ……はぁあああっ……」

奈津実の呼吸が切迫してくる。胸板に押しつけられた顔は可哀相なくらい真っ赤に染まり、開いた太腿をぶるぶると震わせている。

正道の中指が、剝き身のクリトリスをとらえた。

腕ごと震わせ、女体のいちばん敏感な器官に小刻みな振動を送りこんでやる。

「はっ、はぁあああああーっ！」

奈津実はとうとう胸板に顔を押しつけていられなくなり、銀色のベッドカヴァーの上でのけぞった。

みずから両脚を開いた、あられもない格好だ。

正道は中指を振動させながら、ちらりと下肢の様子をうかがった。

薄闇のなか、猫の毛のように柔らかな草むらが逆立っているのが見えた。

「はぁああっ……はぁあああっ……」

奈津実が四肢を淫らによじりながら、正道の股間に手を伸ばしてくる。

竿《さお》の部分をぎゅっとつかまれると、痛いくらいに勃起していた分身はおののき、先端から熱いカウパーをじわっと漏らした。

「もうちょうだい……」

はあはあと息をはずませながら、奈津実がささやく。

「これを……この大きいものを……わたしにちょうだい……」

「は、はい……」

正道は肉竿を握られる刺激に悶えながらうなずいた。

できることならフェラチオをしてもらいたかったが、クンニリングスが苦手ということはオーラルセックス全般が好きではないかもしれない。求める言葉を口にしてしらけさせてしまうより、高まってきたムードを壊さないほうがいいだろう。

上体を起こし、奈津実の両脚の間に腰を滑りこませた。

ハート形に茂った草むらが一瞬眼に入ったけれど、すぐに奈津実の腕が首に巻きついてきて、女体に覆い被さる格好になった。

視覚を奪われたまま、勘だけを頼りにいきり勃つ分身を花園にあてがっていく。

亀頭にぬるりとした粘膜を感じ、背中にぞくぞくと戦慄《せんりつ》が這いあがっていく。

「い、いきますよ……」

熱い吐息とともにささやくと、奈津実は息を呑んで眼を閉じた。せつなげに眉根を寄せ、長い睫毛《まつげ》をふるふると震わせて、結合の瞬間を待ちかまえる。

「むうっ……」

正道は鼻息も荒く腰を前に送りだした。

肉の合わせ目に亀頭がずぶりと沈んでいく。

久しぶりの感触だ。

女肉を感じた分身が歓喜の震えを開始し、全身にその震えが波及していく。

「んんっ……んんんっ……」

じわじわと結合を深めていくほどに、奈津実の顔が歪んでいく。瞼《まぶた》をきつく閉じ、薔薇色の唇から白い歯列を見せて歯を食いしばる。

「むうっ……むううっ……」

正道は腰を小刻みに前後させ、肉と肉とを馴染《なじ》ませていった。

たまらなく心地《ここち》よかった。

ぬめった感触が快感を運んでくるだけではなく、ひだの一枚一枚がまるで生き物のようにうごめいて、分身に吸いついてくる。

奥へ進んでいくほどに、ぴとっ、ぴとっ、と密着し、うごめきながらさらに奥へと引きずりこもうとする。

（人妻、か……）

若い女にはあり得ない、よく熟れた感触だった。

いくら羞じらい深い素振りを見せても、身の底で煮えたぎる欲望を隠しきれない。

「んんんっ……あぁあああううっ……」

悶える奈津実の肩を抱きしめ、正道はずんっと突きあげた。

はちきれんばかりにふくらんだ亀頭で、こりこりした子宮をしたたかに打った。

奈津実が腕のなかで悶絶《もんぜつ》する。細い背中を弓なりにきつくのけぞらせて、正道にしがみついてくる。

「むううっ……」

正道は応えるように抱擁をきつくした。

すさまじい快感が躰の芯を突き抜けていく。

繋《つな》がった女の五体が歓喜に悶えている実感が、快感を運んでくるのだ。

こんな感じは初めてだった。

たまらず腰を動かした。

ぬめりにぬめったひだの壺《つぼ》を掻きまぜるように、軋《きし》みをあげて勃起している分身を出し入れする。

徐々にピッチを上げていくつもりが、腰の動きはみるみる切迫し、気がつけば怒濤《どとう》の勢いで連打を放っていた。

「あううっ……あううっ……あうううーっ！」

突きあげるたびに奈津実の悲鳴は甲高《かんだか》くなり、正道にしがみついたまま全身を波打たせる。さながら蛇や蛸《たこ》のように、男の躰にからみつき、両脚の間に打ちこまれる淫らな衝撃

「あぁうううーっ！」

に震えている。

床上手《とこじょうず》と言うのだろうか。

あるいは異常に肌が合うのかもしれない。

男の官能を司《つかさど》る分身、そこが気持ちいいだけではなく、全身が快感に痺《しび》れている。

男根を突きあげると、女体がくねって反応する。

セックスをしているのだから、当たり前のことだ。

しかし、そのくねり方がなにか普通ではないのだ。

そして、身をくねらせる奈津実はまるで魔法のように、触れた場所を敏感にする。

丸みのある乳房を押しつけられれば、胸板に感じる乳肉の柔らかさに痺れ、腕をつかまれれば腕が、背中に爪を立てられれば背中が、ひりひりするほど敏感な性感帯へと変貌していった。男根の抜き差しを受けて乱れる四肢をつかまえ、組んずほぐれつ素肌を擦《す》りあわせるほどに、気の遠くなるような快感の海に溺《おぼ》れていく。

（こ、こんなに抱き心地がいい人、初めてだ……）

夢中で腰を使った。

女体のなかに沸騰《ふっとう》する欲望のエキスをぶちまけるまで、喜悦の際でただ一心に腰を振り、むさぼるように奈津実の躰を味わった。

第二章　あまごい

1

六月、浅草の街は一種の虚脱《きよだつ》状態にある。

五月に三社祭《さんじやまつり》を終え、七月にはほおずき市や隅田川《すみだがわ》花火大会を控《ひか》えた時期だから、どこかぼんやりした虚ろな空気が街中に流れているのだ。世間がバブル景気に浮き足立ち、地上《じあ》げの嵐が吹き荒れていた当時、けれども浅草には大がかりな再開発もなく、十年一日のマイペースで歳月のページをめくっていたのである。

東京最古の寺・金龍山《きんりゆうざん》浅草寺の北側、通称「観音裏《かんのんうら》」と呼ばれる地域に暮らす正道も、気の抜けたコーラのような虚脱状態にあった。

二十歳の若者が日曜の昼にもかかわらず部屋で寝っ転がり、天井のシミを眺めているのだから救いようがない。

とはいえ、正道の場合は祭りのあとの虚しさにぼんやりしているわけではなく、明日の見えないおのれの生き様に脱力しているだけだった。

風呂がなく、トイレすら共同の、六畳ひと間の安アパート。

二カ月前に叔母・志津子の家から引っ越してきたばかりなので、家財道具も布団と自炊《じすい》道具くらいのものだ。

アパートを借りたのは、志津子の口利《くちき》きで雇ってもらった神田の料亭『松葉』を、相談もなく辞めてしまったせいだった。

正道の行動を知り、志津子は激怒した。当たり前だ。志津子は元々大学に進学することを強く勧めていたし、正道の決意が固いことを認めてからは、あらゆる伝手《つて》を使ってなるべくいい条件で修業ができる店を探してくれたのである。合わせる顔がなくなった正道は近所でなるべく安い部屋を探し、引っ越すしかなかった。

「蒸《む》すな……」

窓を開けると、黒々とした分厚い雲が空を覆い、まだ昼過ぎなのに夕暮れどきのように薄暗かった。

雨よ降れ。

出かける予定もないので、いっそ土砂降《どしゃぶ》りに降ればいい。

正道の部屋はアパートの一階にあり、隣家の庭に面していて、植木棚に並んだ青紫色のあじさいが見えた。雨が降ればあじさいの花びらが濡れて匂い、少しは気分がよくなるかもしれない。

程《ほど》なくして雨は降りだした。

天に願いが通じたようで気分がよくなったかといえばそうではなく、正道は畳に寝ころんだまま、流れる雨粒を呆然《ぼうぜん》と眺めつづけた。

天よ。どうせ叶《かな》えてくれるなら、別の願いを叶えてほしかった。

干《ひ》からびる寸前まで渇《かわ》いていたこの生活を潤してくれた、一滴の救いの水を思う。

三日前、深夜の路上で偶然出会った、奈津実という人妻のことだ。

本当に不思議な女だった。

奔放《ほんぽう》そうに見えて羞《は》じらい深く、少女のように羞じらいながらもあふれる欲情を隠しきれない。

あれほど夢中でセックスをしたのは、初めてかもしれなかった。

童貞を失ったときとはまた違う意味で、無我夢中だった。

街ゆくボディコンの女に劣情をもよおしてしまうほど、性に渇いていたせいだろうか。

あるいは、思いだすだけでせつない気持ちになる美咲によく似ていたからか。

理由はわからない。

ただ、躰《からだ》の相性《あいしょう》が抜群によかったことだけは間違いなかった。

まぐわっているうちに美咲に似ていることなどどうでもよくなり、ただ愉悦《ゆえつ》をむさぼることだけに没頭《ぼっとう》していった。女体を男根で貫《つらぬ》いているという意識よりも強く、ふたつの躰がひとつになっている実感がたしかにあった。セックスとは、こんなにも男と女の距離を縮める行為なのかと驚かされた。

もう一度会いたかった。

しかし、それは叶わぬ夢だ。

悔《く》やんでも悔やみきれなかった。

あの夜、会心の射精を遂《と》げた正道は、不覚にもその後、眠りについてしまったのだ。肉体労働のアルバイト、床磨きの残業、終電をなくして渋谷の街を歩きまわり、その後のセックスである。疲れていて当然だった。翌朝、チェックアウトをうながすフロントからの電話で起こされるまで、一度も眼覚《めざ》めることなく泥のように眠りつづけ、眼を覚ますともう、奈津実の姿はそこにはなかった。

（しまった……）

まだほんのりと男女の淫臭の残る部屋で、正道はひとり、呆然と立ちつくした。

後悔しても、すべては後の祭り。

正道が奈津実に関して知っていることは、名前と歳と、世田谷に家があるということだけだった。名字《みようじ》すら知らず、世田谷のどこに住んでいるかもわからない。たとえ腕利きの探偵でも、たったそれだけの情報で人ひとり捜しだすことなど不可能に違いない。

それに、奈津実の左手の薬指には指輪が光っていた。

黙って消えてしまったのはきっと、そのことにも関係しているのだろう。たった一度のゆきずりの関係ならともかく、正道がその後の付き合いを求めることは、あの指輪が許してくれないのだ。

雨脚が強まってきた。

正道は躰を起こして立ちあがり、隣家の庭のあじさいを見た。

雨に打たれたあじさいは青紫色の花を濡らして美しくたたずんでいたが、逃した女を忘れさせてくれるほど美しい花などこの世に存在しないことを思い知らされただけだった。

と、そのとき、不意に部屋の扉がノックされ、正道はびくっとした。

この部屋を訪れる者などない。

気楽に部屋を訪ねあう友達などいないし、志津子とはまだ冷戦状態が続いている。

隣の部屋の住人が醤油《しょうゆ》でも借りにきたのだろうかと思いつつ、粗末なベニヤ製の扉を開けると、信じられない人物がそこに立っていた。

奈津実だった。

「濡れちゃった……」

にっこりと笑った顔も、長い黒髪も、ノースリーブのワンピースから出た腕や胸元も、雨に濡れてきらきら光っていた。

「ここって駅からけっこう遠いのね。傘《かさ》持ってなかったから、もうびっしょり」

「ど、どうして……」

唖然《あぜん》とする正道の躰を押しのけて、奈津実はがらんとした室内に進むと、畳の上に正座した。

すでに素足だった。このアパートは共同玄関なので、そこで履《は》き物を脱いできたのだ。ストッキングを着けていないのは、蒸し暑い気候のせいだろう。胸元を大胆に見せた可憐《かれん》な花柄のワンピースを着ているのも、同じ理由からに違いない。スーツ姿のときとはずいぶん雰囲気が違い、リゾートで休暇を楽しむ若妻といった感じだった。正座してぴんと伸ばした細い背中から、育ちの良さがうかがえた。

「あの、これ……」

押し入れからタオルを出して渡すと、奈津実は当然のようにそれを受けとり、濡れた髪を拭《ぬぐ》いはじめた。

「ドライヤーある？」

「すいません。僕、使わないから……」

短く刈りこまれた頭を掻《か》くと、奈津実は仕方なげに溜め息をつき、タオルで髪を挟んでぽんぽんと叩《たた》いた。

「わたし、生まれも育ちも東京だけど、浅草に来たの初めて」

「そ、そうですか……」

「この前はごめんなさいね。先にひとりで帰っちゃって……」

「あっ……いえ……」

「始発で帰ろうと思ってたんだけど、あなた、あんまりぐっすり寝てるから起こすの悪くなっちゃって……」

「そ、そうだったんですか……でも、どうしてここが？」

奈津実は髪を拭《ふ》く手を休め、にっと白い歯をこぼした。

「財布のなかにあった免許証、見ちゃった。だってわたし、どうしてももう一度……あなたに……会いたかったから……」

言葉が後ろにいくほどか細くなり、再び濡れた髪のなかに顔を隠した。

静かに雨音だけが響く室内に、おかしな空気が流れる。

（つ、つまり……）

奈津実も正道とのセックスがとてもよかったということだろうか。

他に理由は考えられない。

正道が奈津実に関してなにも知らないのと同様、奈津実だって正道のことをなにも知らない。お互いの躰をまさぐり、腰を振りあい、快楽を分かちあう以外のことを、ふたりはなにもしていないのだ。

奈津実はしつこく濡れた髪をタオルに挟んで叩いていた。

けれどもそれは、一刻も早く髪を乾かしたいからでも、ドライヤーがないことを暗に咎《とが》めているのでもなく、羞じらいに赤く染まった顔を見られたくないからのようだった。

2

六畳ひと間のアパートの部屋には、小さな台所がついていた。といっても、ひと口だけのガスコンロと流しがあるだけで、いちおう火と水は使えるというだけの代物《しろもの》だ。

正道はそこで乾麺《かんめん》の蕎麦《そば》を茹《ゆ》でた。

奈津実が空腹を訴えたからで、だったら外で食事をご馳走《ちそう》させてほしいと正道は言ったのだが、奈津実は雨だから外に出たくないとかたくなに首を横に振った。

「でも奈津実さん、浅草に来たの初めてなんでしょう?」

食事のついでに浅草寺でも案内すると申し出ても、まったく興味を示さない。いま家には乾麺の蕎麦くらいしかなく、そんなものを食べるより、近所には旨い蕎麦屋がいくらでもあると説明してもだめだった。そこで仕方なく、正道は流しに立って蕎麦を茹ではじめたのである。

「わあ、おいしそう」

テーブル代わりのダンボール箱に蕎麦を盛った皿を並べると、奈津実ははしゃいだ声をあげた。

「葱《ねぎ》が古かったんで、おろし蕎麦にしてみました」

情けないことに、この部屋には卓袱台《ちゃぶだい》ひとつないのだった。

「いいわね。わたし、おろし蕎麦、大好き」

奈津実は嬉しそうにうなずき、

「でも、あれね。せっかくだから一献《いっこん》傾けたいね」

「安酒ならあることはあるんですが……」

正道は流しの下から一升瓶《いっしょうびん》を取りだし、

「お銚子《ちょうし》もお猪口《ちょこ》もないんで、コップ酒でいいですか?」

「気にしないわ」

「それじゃあ……」

酒屋で貰ったビールのグラスに酒を注ぎ、ダンボールのテーブルに置いた。正道が向かいあわせに座ると、奈津実はすかさずグラスを手にした。

「ふふっ、乾杯しましょう」

「再会を祝して、ですね」

「うん」

うなずきあい、グラスを合わせる。奈津実はコップ酒をひと口飲むと、いかにも山の手育ちの雰囲気をしているのに、ずずっと粋な音をたてて蕎麦をたぐった。

「おいしい。お料理うまいのね」

「そんな。出来合《できあい》ですよ」

「お蕎麦の茹で加減がいいのよ。それに、雨の日にあじさいを見ながらお蕎麦で昼酒なんて、なんだか風情あるし」

たしかに悪くなかった。

雨の午後、濡れたあじさい、ゆるやかに流れる休日の時間、そして差し向かいには、したたるような色香をたたえた美女が座っている。

だが正道はまだ来客を——しかも奈津実のように美しい年上の女をボロアパートの六畳ひと間に通し、ダンボールのテーブルでもてなさなければならないことに恥じ入っていた。向こうは華《はな》やかなワンピースを着ているのに、こちらはよれたTシャツに短パン姿というのも気後《きおく》れする。粋な音をたてて蕎麦をたぐっている奈津実のことを、正視することができない。

（でも、やっぱり奈津実さん、今日は抱かれに来たんだよな……いきなり訪ねてくるなんて、それしか考えられないもんな……）

伏し目がちに蕎麦をたぐり、コップ酒をちびちび舐めながらも、正道の頭はそのことでいっぱいだった。いくら誘っても外に出たがらなかったのも、考えてみればずっとふたりきりでいたいというサインなのかもしれない。密室で男と女がふたりきりでいて、することといえばひとつしかない。

もう一度奈津実を抱けると思うと食欲は減退していくばかりだったが、無理やり蕎麦を口につめこんだ。とにかく食べてしまわなければ、事は始められないからだ。まだ時刻は昼過ぎ。蕎麦さえ食べてしまえば、雨音だけが響くこの部屋で、気がすむまで快楽に没頭できるのだ。

「あれ……」

そのとき、不意に奈津実の姿に眼を奪われた。

「どうかした？」

眼を見開いて一点を凝視《ぎようし》している正道を見て、奈津実が不思議そうに首をかしげる。

「いえ、その……奈津実さん、左利きなんですね」

「そうだけど……」

奈津実は箸《はし》を持った自分の左手を見た。

「でも、そんなに珍しいものでもないでしょう？」

「いや、まあ、そうですけど……」

正道は苦笑した。たしかに珍しくはない。けれども、喜びに胸がざわめくことを抑えることができない。

美咲が右利きだったからである。

明るいところでよく見てみれば、奈津実と美咲の顔はやはり違っていた。瓜実顔は同じでも、奈津実のほうが顔全体が小さい。眼は大きくぱっちりして、睫毛が長い。頬の肉づきが薄く、顎《あご》が鋭く尖《とが》っている。奈津実の眉はシャープに吊りあがっているが、美咲はもっと山形のアーチを描いてやさしい感じだった。

だが、別人なのだといくら自分に言い聞かせても、どうしても奈津実は美咲を彷彿《ほうふつ》とさせる。その奈津実に、美咲とはっきり違う部分があってよかった。

「なによ、ひとりでにやにやしちゃって。気持ち悪いぞ」

奈津実が頰をふくらませた。

「すいません。なんでもないんです」

美咲のことは、いずれきちんと話したいと思う。しかし、それはいまじゃない。お互いの存在がもっと近づいてからでも遅くはない。

(もっと近づく……)

彼女は人妻だった。

いくら躰を重ね、快楽を分かちあっても、好きだとか愛しているだとかいう台詞《せりふ》はタブーに違いない。そこまで望んでしまっては、困らせるだけだろう。彼女はたぶん、欲望の捌《は》け口を求めているだけなのだ。

「……あっ!」

左利きの箸使いをぼんやり見ていた正道は、再び声をあげた。

「今度はなに?」

奈津実が呆れたように苦笑する。

「いや、その……」

言うべきか言わざるべきか迷いつつ、正道は訊ねてしまった。

「今日は……してないんですね？」

奈津実に左手の甲を向け、薬指を指す。

「ああ……」

奈津実は大きな黒眼をくるりと一回転させて、ふうっと息をついた。

「気づいてたんだ？　わたしが結婚してるって」

「ええ、そりゃあ……」

あの夜、奈津実はしたたかに酔っていたが、正道は酔っていなかった。結婚指輪をしていることくらい、気づかないわけがない。

気まずい沈黙が流れた。奈津実は沈黙ごと呑みこむようにコップ酒を一気に喉に流しこむと、ハンドバッグを開けてなかを探った。

「あげる」

ダンボールのテーブルに置かれたのは、銀色の指輪だった。結婚指輪によくあるデザインのかまぼこ形で、プラチナらしき高貴な輝きを放っていた。

「わたしにはもう必要のないものだから、あなたにあげる」

「そ、そんな大事なもの、もらえませんよ」

「じゃあ、捨ててきて」

「そんな……」

呆然とする正道を尻目に奈津実は立ちあがり、流しの下から一升瓶を運んできた。きちんと正座し直してコップに酒を注ぎ、ぐっと呷《あお》った。

「あなたのせいよ……」

「えっ？」

「わたしは結婚して七年目で、誓って言うけど浮気をしたのはこの前が初めて……」

握りしめたグラスの縁を睨《にら》むように見つめて言う。

「あの夜は、高校の同窓会の帰りだったの。女子校なんだけどね。結婚してる子も、これからしそうって子も、みんななんだか幸せそうで……それでつい腹が立って飲みすぎちゃって、あなたに醜態《しゅうたい》見せちゃったんだけど……」

「幸せじゃ、ないんですか？」

正道が顔色をうかがいながら訊《たず》ねると、奈津美は小さく顎《あご》を引いた。

「わたしは、自分の望まない形で結婚したから……夫のことを好きになろうと努力したけど、どうしてもだめだった……この二、三年はいつ別れを切りだそうかって、そればっかり考えてて……」

「自分の望まない形って？」

「親がやってる会社の取引先の御曹司《おんぞうし》と結婚させられたのよ。親同士が勝手に決めてね。よくある話……」

屈辱を嚙《か》みしめるように唇を強く嚙む。

「だけど、この前あなたに抱かれて踏んぎりがついた。もう絶対に離婚してやる。笑われるかもしれないけど、わたし、結婚したとき処女だったの。あなたに抱かれるまで、夫しか男を知らなかったの。我慢ならなかったわ。あの人は外で適当に遊んでるっていうのにね……」

ノースリーブの袖《そで》から出た双肩が、小刻みに震えていた。よく見れば、華奢《きやしや》な肩だった。顔が小さいからいままで気がつかなかったが、肩幅がひどく狭い。

許せない、と正道は両の拳《こぶし》を握りしめた。

奈津実が唇を嚙んでいるのは、屈辱を嚙みしめているだけではなく、涙をこらえているからだった。奈津実のような美しい女を娶《めと》っておきながら、こんなふうに悲しませる男など絶対に許せない。

と同時に、猛烈な嫉妬《しっと》を覚えた。

うら若き奈津実の処女を散らし、女体の性感という性感を一から開発して、自分好みのベッドマナーを覚えさせた男。

だが、奈津実はなぜ、好きになれない男に七年もの間、抱かれ続けたのだろうか。いや抱かれつづけて、あれほど反応のよい躰ができあがるものなのか。性感が豊かに発達するのか。

御曹司の遊び人だから、ベッドテクもそれなりにすぐれているというわけだろうか。

いったいどんな男なのだろう？

しかし、その問いを発することはできなかった。

奈津実がダンボールのテーブルの向こうからまわりこみ、正道のかたく握った拳を両手で包みこんだからだ。

「ねえ……」

潤んだ瞳で見つめてくる。

声を出さずに、赤い唇が、抱・い・て、とささやく。

正道は動けなくなった。いや、正確には、自分の意志で躰をコントロールすることができなくなっただけだった。右手が勝手に、花柄のワンピースから出た華奢な肩を、しっかりと抱きしめていた。

3

唇を重ねた。

安い日本酒がべたついた。

すぐに気にならなくなった。

奈津実が自分から口を開き、舌を差しだしてきたからである。

「うんっ……ぅんんっ……」

滑らかで細長い舌が大胆に動く。

粘っこく舌と舌とがからみあい、唾液と唾液がお互いの口を行き来する。

正道は肩を抱いていた右手を、奈津実の後頭部に移した。

髪はまだ生乾きでしっとりし、けれども奈津実の体温で生温かくなっていた。

舌を吸いあいながら、何度となく髪を撫《な》でた。

後頭部を撫でていると頭の小ささがよくわかり、十も年上の相手なのに、せつないほどの保護欲に駆《か》られてしまう。

傷ついた彼女の支えになりたいという本能にも似た感情が、抑えきれない勢いでこみあげてきた。

支えになれるかどうかを、冷静に判断することはできなかった。

せつない保護欲はすぐに、荒ぶる欲情に姿を変え、股間の分身を熱くたぎらせた。

「ぅんんーっ！」

ちゅうっと強く舌を吸いたてると、奈津実は鼻奥で悶えた。

しかし、口づけはとかない。

むしろみずから積極的に舌を伸ばし、もっと吸ってと迫ってくる。

正道は奈津実の背中を探り、ワンピースのホックをはずした。

ファスナーをさげ、ぴったりと躰にフィットしていた花柄の生地を剝がした。

「ああっ……」

ゴールドベージュのブラジャーが姿を現わし、奈津実は両手で胸元を隠した。

悩ましいランジェリーだった。ゴールドといっても水着のような金色ではなく、いかにも下着らしいひめやかな色合いだ。おそらく相当高価なものだろう。サテンのようなつやつやと光沢のある生地でカップがつくられ、それを縁《ふち》取るように黒いレースの飾りがついている。

「電気、消しましょうか?」

奈津実が極端に羞じらい深いことを思いだし、正道は自分から言った。

奈津実がこくこくと尖った顎を引く。

正道は立ちあがって蛍光灯の紐《ひも》を引っ張り、窓を閉めた。外は雨降りだったけれど、さすがにまだ昼過ぎなので室内は真っ暗闇にはならない。曇りガラス越しに入ってくるおぼろげな光が、狭い六畳間をかえって淫靡《いんび》な雰囲気にした。

立ちあがったついでだと、正道はダンボールのテーブルを部屋の隅《すみ》に寄せ、押し入れから布団を引っ張りだした。高校生のころから使っているせんべい布団だが、それを敷くと部屋の淫靡さはますます増して、正道の動悸は乱れに乱れた。

奈津実がそそくさとワンピースを脚から抜く。

下着姿になって布団に横たわり、正道に背を向けて海老《えび》のように躰を丸める。

パンティもブラと揃いのゴールドベージュだった。こちらもサテンのようにつやつやと光沢がある極薄の生地が、丸い尻の双丘をぴったりと包みこんでいる。

だが、それより強く眼を惹《ひ》いたのは、むっちりと張りつめた太腿の白さだった。木綿《もめん》のシーツよりなお白く、まぶしいくらいだ。

(俺も脱いだほうがいいか……)

逸る気持ちを抑えながら、正道はTシャツと短パンを脱ぎ、グレイのブリーフ一枚になった。

分身はすでに限界まで勃起して、前が恥ずかしいほど大きくふくらんでいる。

布団に横たわり、海老のように丸まった女体に後ろから密着していった。

白い素肌が熱く火照って、熱でもあるかのようだ。

シャンプーの残り香か、あるいは香水か、長い黒髪から柑橘《かんきつ》系の芳香がツンと匂う。

「な、奈津実さん……」

興奮に上ずった声をもらし、後ろから抱きしめた。

二度目の情交なのに、怖いくらいに緊張している。

震える両手を両腋《りょうわき》の下から差しこみ、ブラジャーのカップの上から乳房をつかんだ。

滑らかなサテン地の感触が妖しい。

それに包まれた、たっぷりした肉の量感が熱い興奮を誘ってくる。

「んんっ……んんんっ……」

カップの上から乳房をまさぐると、奈津実は鼻奥で悶えて身をよじった。

相変わらず敏感な躰だ。

それとも、カップの上からの刺激がもどかしく、焦《じ》れったいのだろうか。

正道の両手は、奈津実の乳首の位置を覚えていた。

つるつるしたカップの上からでも、ほぼ正確に両乳首の位置を特定できた。

「んんんっ……あああっ……」

カップの頂点をこちょこちょとくすぐってやると、奈津実は正道の腕のなかで激しく悶えた。

しっとりと雨水を含んだ黒髪が乱れ、柑橘系の芳香が強まる。

左右に振られるヒップが股間のテントにあたり、痺れるような快美感を運んでくる。

（ああっ、これだ……）

正道の胸は熱くなった。

男の腕のなかでもがくようなこの反応に、正道はやられてしまったのだ。

いまはまだほんの序の口に過ぎないけれど、五体を貫いたときのもがきっぷりは、他の女ではけっして味わえないものだった。経験がさして豊かでない二十歳の男に、女をよがり狂わせているというたしかな自信を与えてくれた。

「むうっ……むううっ……」

抱擁を強め、サテンのカップごと乳房を揉みくちゃにした。

乱れた黒髪に顔をうずめ、柑橘系の匂いを嗅《か》いだ。

ただのシャンプーの残り香や香水ではなく、奈津実自身の体臭や汗の匂いがブレンドされた極上のパフュームだ。

舌を伸ばし、うなじを舐めた。

生え際の柔らかい繊毛が、たまらなく舌に心地よい。

たっぷりと舐めまわしてやると、貝殻《かいがら》のように綺麗な耳がほんのりと桜色に染まってきて、そこにも舌を這わさずにはいられなくなる。

「んんんっ……んあああっ……」

奈津実が苦しげな悲鳴をあげる。

うなじや耳もまた、敏感な性感帯なのだろう。

くすぐったがっているように見えて、その実ひどく感じているのだ。

舌先がうなじや耳を這いまわるほどに、腕のなかで、びくんっ、びくんっ、と五体を跳《は》ねさせる。

そうやって、正確な急所のありかを教えてくれる。

「ここでしょ？　ここが感じるんでしょ？」

正道はブラのカップから両手を離して黒髪にざっくりと指を差しこみ、かきあげてうなじを剝きだしにした。もっとも反応の激しかったうなじの中心に向かって、首筋からぬる

りと舐めあげてやると、

「あああうーっ！」

奈津実は早くも甲高い悲鳴をあげ、総身をのけぞらせて歓喜を示した。

なんと艶《なま》めかしく、淫らな反応だろう。

彼女は本当に、先ほどまで洒落《しゃれ》た花柄のワンピースを着て、背中をぴんと伸ばして正座していた女と同一人物なのだろうか。

正道は眼も眩《くら》むような興奮を覚えながら、首筋からうなじに向けて何度となく舌を這わせていく。

「ああっ……ううううっ……」

暴れる奈津実の手をつかみ、波打つ五体を押さえつけながら、舐めるところがなくなるまで首筋を舐め、うなじの繊毛を唾液でびしょ濡れにした。

それから、ブラジャーのホックをはずした。

豊かなお椀形の双乳を露わにして仰向けにすると、正道は奈津実の腹の上に馬乗りになり、羞じらい深い彼女が胸元を隠せないように両手を押さえつけた。

「ああっ、やめてっ……」

両手の自由を奪われた奈津実は、うなじへの愛撫と羞恥でピンク色に染まった顔をそむけ、痛切な声をもらす。

長い睫毛を震わせ、唇をわななかせる。

垂涎《すいぜん》の光景だった。

正道はブリーフのなかの分身が芯からみなぎり、熱いカウパーを漏《も》らすのを感じた。

「ねえ、いやっ……いやよ、こんなのっ……お願いっ……」

両手を押さえられた体勢をいやがり、右に左に首を振る。

だが正道は離さない。

長い黒髪をうねらせる奈津実に、顔を近づけていく。

首筋に、今度は前からキスをした。

「ああっ、だめっ……感じすぎちゃうっ……」

チュッ、チュッ、と派手《はで》な音をたて、奈津実が左に顔をそむければ右の首筋を、右にそむければ左の首筋を、正道は素早い動きで追いかけた。外の雨よりも激しい勢いで、キスの雨を降らせていく。

「ああっ、もうっ！　意地悪しないでっ……んんっ！」

うるさい口を口づけで塞《ふさ》いだ。

ねっとりと舌をからめると、奈津実は応えてくれる。

興奮のためかふたりとも唾液の分泌量が多く、瞬《また》く間にお互いの口のまわりが唾液でぐっしょりに濡れまみれた。

熱い口づけを交《か》わしながら、正道は奈津実の手首を押さえていた手を滑らせた。

腕から肘《ひじ》、そして肩へと、滑らかな素肌を手のひらで味わってから、剝きだしの双乳をつかんだ。

「んっ……あぁっ！」

ふくらみにぎゅっと指を食いこませると、奈津実はキスを続けていられなくなった。

ブラジャーの上から充分に刺激したせいで、肉丘の表面は甘く匂いたつ汗に濡れ、乳首はぷっくりと突起していた。

しかし、焦《あせ》って乳首を刺激することはしない。

まずはじっくりと乳肉を揉みしだき、搗きたての餅のような感触を堪能《たんのう》する。

裾野のほうから舌を這わせる。

舌腹のざらつきを感じさせるようにして、滑らかな肉丘から甘い汗を拭っていく。

「あぁあぁっ……はぁああぁっ……」

奈津実が悶える。

馬乗りになった正道の両脚の下で、しきりに腰を跳ねさせる。

「あううっ！」

双乳を寄せてあげ、円錐《えんすい》形に尖らせてやると、先端の乳首はまだ直接触られてもいないのにツンツンに尖りきった。

「すごい……」

正道は熱っぽく声をもらした。

「もうこんなに……こんなにいやらしくなってる……」

「言わないで……」

奈津実が顔をそむけ、横眼で恨《うら》みがましく睨《にら》んでくる。

「あなたの……あなたの愛撫があんまり気持ちいいから……」

「あなたなんてやめてください」

正道はふうっと息をつき、

「僕には正道って名前があるんです」

「ご、ごめん……」

奈津実はせつなげに眼を細め、震える声を絞《しぼ》った。

「ま、正道くん……いいよ……正道くんの愛撫、とっても気持ちいい……」

「ああっ、奈津実さん」

正道は柔らかな双乳をぐいぐいと絞りあげ、ほとんどマヨネーズのチューブのような形状にしてから、先端に舌を伸ばした。いまにもぽろりと落ちてしまいそうなほどにふくらんだ赤い乳首を、側面からねろりと舐めあげた。

「ああっ、あああああああーっ！」

雨降りで湿気の籠《こ》もった室内に、ひときわ甲高い発情の悲鳴が響き渡った。

4

口に含んだ乳首を、ねろり、ねろり、と舐めまわす。

飴玉《あめだま》を舐めるように口内で転がし、音をたてて吸いたてる。

時折歯を立てて、こりこりに硬くなった乳首を甘噛《あまが》みしてやる。

そのたびに奈津実は声音の違う声をあげ、背中を反らし、首を振って髪を乱した。

顔はもちろん、耳や首筋や胸元まで生々しいピンク色に染め、躰の芯から起こる震えで五体を小刻みに痙攣《けいれん》させた。

反応が激しいから、もっといろいろやってみたくなる。

正道は左右の乳首を両手でつまんだ。

あらかじめたっぷりと唾液をまとわせてあるので、つまんでもつまんでも、濡れた乳首は指の間からつるりと逃げる。

「あっ、あうううーっ！」

奈津実にはその刺激がことのほか快感らしく、首にくっきりと筋を立てて悶絶する。指の間からぷつんっと乳首がはじかれると、甲高い悲鳴をあげ、びくびくと腰を跳ねさせて、酸欠の金魚のようにあえぐ。

これほど感じているなら、あそこはもうびしょびしょだろう。

正道は奈津実の下肢をまたいだ体勢を崩して横になり、女体に密着した。

ゴールドベージュのパンティがぴっちりと食いこんだ股間に、右手をそろそろと伸ばしていく。

「うっく……」

やけに滑らかなパンティの生地の上からヴィーナスの丘を撫でると、奈津実は歯を食いしばってもじもじと太腿を擦りあわせた。

しかし、いくら羞じらってみせたところで、あふれる欲情は隠しきれない。

正道の指はまだ丘の上にあるのに、すでに淫らな熱気が伝わってくる。

指を滑らせる。

丘の下の柔らかな肉を、つるつるしたパンティ越しに撫でまわす。上から下に、下から上に。

「ああっ……くぅうううっ……」

奈津実が身悶えながらしがみついてくる。

正道は左手で抱擁に応えつつ、右手を執拗に動かした。

薄布越しに女の割れ目を探りあて、爪まで使ってなぞりたてる。

パンティの底が湿って、シミができているのがはっきりわかった。なかが蒸れていることを示す熱気がいやらしすぎて、なぞるのをやめることができない。

「ねえ、奈津実さん……」

耳元で熱っぽくささやくと、奈津実はびくんっと全身をこわばらせた。

「今日はいいでしょう？　ここにキスさせてもらっても……」

前回は拒《こば》まれたクンニリングスをせがんでみる。

奈津実の躰のなかでいちばん敏感な部分を、舌で味わいたかった。

それにも増して、奈津実のいちばん恥ずかしい部分をこの眼でじっくり拝《おが》んでみたい。

「そ、それは許して……」

奈津実は恥ずかしげに首を振り、けれども予想外の大胆な提案をしてきた。正道の肩に

しがみついていた手を股間に伸ばしてきて、ブリーフのふくらみにそっと触れると、

「そのかわり……わたしが……してあげる……」

「えっ……わたしがって……」

奈津実はあわてる正道の腕から抜けて躰を起こし、正道を仰向けにうながした。

長い黒髪をかきあげ、ふうっとひとつ、悩殺的な溜《た》め息をつく。

（ま、まさか、フェラチオしてくれるのか……）

仰向けになった正道の顔は、滑稽なまでにひきつっていた。奈津実の女の花を拝んでみたい欲望はあったけれど、フェラチオの誘惑はそれに勝った。この羞じらい深い奈津実が、どんなふうに男のものを愛撫してくれるのだろうかと、好奇心も疼《うず》いた。

「元気ね……」

奈津実はブリーフに包まれた男の器官を撫でさすりながら、四つん這いになった。

正道から見て横向きの体勢だったので、ゴールドベージュのパンティに包まれた丸みのあるヒップが眼に飛びこんでくる。胸元で柔らかそうに垂れた乳房も、息を呑むほどいやらしい。

「わたしね……舐められるのは苦手だけど……舐めるのは嫌いじゃないの……」

言いながら、ブリーフのテントに頬ずりする。くんくんと鼻を鳴らして匂いを嗅ぐ。ま

るで犬みたいだが、端整な美貌を妖しいピンク色に染めた奈津実がすると、ぞっとするほどの色香が漂う。

「あっ……正道くん、エッチ……」

グレイのブリーフにできたカウパーのシミを見て、淫靡に笑う。

正道の躰は小刻みに震えだしていた。

勃起の勢いが強すぎ、ブリーフに締めつけられて苦しいのだ。

そんな気持ちも知らぬげに、奈津実はブリーフの上からしつこく分身を撫でさする。白く細い指を淫らがましく躍らせて、もどかしいばかりの刺激を送りこんでくる。ブリーフにできた欲望のシミが、五百円玉くらいにまで大きくなっていく。

「やだ。あんまりしてると、パンツ汚しちゃう……」

奈津実は苦笑して、ようやくブリーフに手をかけた。

かたい拘束から解き放たれた分身はうなりをあげて屹立《きつりつ》し、反《そ》り返って臍《へそ》に貼りついた。カウパーを漏らしすぎたせいで亀頭全体がぬらぬらと濡れ光り、竿の部分には太ミミズがのたうっているような血管がぷっくりと浮きあがっている。

自分でもちょっと怖くなるほどの激しい勃ち方だ。

「ああ、これが……」

奈津実はまぶしげに眼を細め、勃起しきった肉茎を眺めた。

「これがこの前、わたしのなかに挿《はい》ってきたのね……」

噛みしめるようにささやかれた言葉の裏には、これから再び挿ってくるのだという妖しい期待が透けて見えた。

正道の胸も期待に爆発しそうだ。

奈津実の手指が分身をそっと包みこんだ。

息がとまった。

「……うんあっ」

奈津実が唇を割りひろげ、ピンク色の舌を差しだす。

唾液で濡れた舌腹で、亀頭の裏側をねっとりと舐めあげてくる。

「むううっ……」

ただそれだけで正道の両脚はピーンと突っ張り、反り返った足指が攣《つ》りそうになった。

奈津実の舌は、いやらしいくらいに細長かった。まるで新鮮な絹豆腐のように、どこまでも滑らかだった。とはいえ、足指が攣りそうなほど興奮してしまったのは、そのことだけが理由ではない。

苦しげにきりきりと眉根を寄せ、舌を差しだした奈津実の顔が、たまらなく悩ましかったからだ。端整な横顔と勃起しきった肉茎が、あまりに不釣り合いだったからだ。奈津実の美しい顔と並んでいると、自分の分身がこれほどおぞましく、グロテスクなものであったのかと、わけのわからない感情に駆《か》りたてられてしまう。

「ぅんっ……ぅんんんっ……」

ぺろり、ぺろり、と長い舌が裏筋を這う。カウパーに濡れた亀頭も、敏感なカリのくびれも、握った手指で角度を調整しながら丁寧《ていねい》に舐めまわしていく。

「むぅっ……むぅうっ……」

正道の鼻息はみるみる荒くなり、腰がひとりでに反り返っていった。もっと強い刺激を求めて、握りしめられた分身を天に突き立てた。

「すごい……どくどくしてる……」

奈津実は分身に向かってうっとりとささやくと、ひときわ大きく口をひろげた。

薔薇色の唇が、亀頭を咥《くわ》えこんでいく。

男の躰のなかでもっとも敏感な部分を生温かい口内粘膜に包まれ、正道は気が遠くなるような快感に呑みこまれた。

「うんぐっ……ぅんんんっ……」

奈津実が口内で舌を使う。

カリのくびれを唇でぴっちりと包みこみ、亀頭の表面をねろねろと舐めまわす。

やがて小さな頭を上下に振り、唇を滑らせはじめた。

(な、なんて気持ちがいいんだ……)

蕩《とろ》けるようなフェラチオだった。

血管の浮きたつ肉竿を赤い唇がぬるりと滑るほどに、熱いカウパーが漏れる。

唾液でぐちゅぐちゅになった口内を、男くさい粘液でさらに淫らに濡らしていく。

「な、奈津実さん……」

正道は上ずった声をあげた。

「こ、こっちを……こっちを見てくれませんか」

「ぅんあっ……」

奈津実はいったん肉茎を吐きだすと、眼の下をぼうっと赤らめた顔で正道を見た。

「……エッチ」

咎めるように唇を尖らせたが、正道から見て横向きだった躰をおずおずと縦方向に動かしてくれた。正道の両脚をまたいで四つん這いになり、ゴールドベージュのパンティに包まれたヒップを高く掲げて、唾液に濡れ光る肉茎を正面からつかみ直した。

「これでいい？」

「は、はい……」

正道がうなずくと、奈津実ははちきれんばかりにふくらんだ亀頭を口に含んだ。

長い黒髪をかきあげ、上目遣いに正道を見た。

(う、うわあっ……)

正道は息を呑み、眼を見開いた。

端整な美貌が、男の肉茎を咥えてこれ以上なく淫らに歪んでいた。

きゅっと寄った眉根、淫らに伸びた鼻の下、上を向いた鼻の穴、へこんだ双頬、そして、潤みに潤んだ上目遣《うわめづか》いのふたつの眼。

「うんんっ……うんぐぐっ……」

奈津実はそのまま、肉茎を吸いたててきた。カリのくびれを赤い唇で包んだまま収縮させ、双頬をさらにべっこりとへこませる。

「むっ……むううっ……」

正道はすさまじい快感にのけぞりながらも、見開いた眼にますます力をこめた。

視線と視線が火花を散らしてぶつかりあう。

だがすぐにそれは淫らに溶けあい、ねっとりとからまりあっていく。

視線をからませながら、奈津実が亀頭を吸いたてる。

口から吐きだし、ピンク色の舌で舐めまわす。
噴きだしたカウパーをチュッチュと吸い、喉を鳴らして嚥下《えんか》する。
「若いのね……味が濃いわ……」
カウパーの味を吟味《ぎんみ》しながら、指先で竿をしごく。
唾液が亀頭と皮の間に溜《た》まり、しごかれるとにちゃにちゃといやらしい音をたてる。
さらに咥える。
小さな頭を上下に振って、肉竿をしたたかに刺激してくる。
口内でねろねろと舌が躍る。
「むううっ……むうううっ……」
正道は激しく鼻息をもらし、攣る寸前まで突っ張った両脚をぶるぶると震わせた。
さすが人妻と感嘆すべきなのか、奈津実は男を追いこむのがうまかった。
耐え難い勢いで、身の底から射精欲がこみあげてくる。
このまま発射してしまっていいだろうか。
口内を男の精で汚しても、奈津実は不快に思わないか。
だがしかし、奈津実は男を追いこむことに満足感を覚えるタイプの女ではなかった。
「ねえ……」

不意に口腔愛撫を中断し、親指の爪を噛んだ。淫らなほどに潤んだ眼を細めて、正道を見つめてきた。

「いやよ、このまま出したりしたら。わたしだってもう、我慢できないんだから……」

親指の爪を噛む仕草は可憐でも、発する色香は獣の牝《めす》そのものだ。

正道は真っ赤な顔で躰を起こした。

女体に組みつき、押し倒して、ゴールドベージュのパンティを奪った。

綺麗なハート形の草むらがぐっしょり濡れ、パンティを脱がした瞬間、布団の上はむっとする発情した牝の匂いに支配された。

「な、奈津実さん……」

両脚をM字に割りひろげ、その間に腰を滑りこませていく。

いきり勃つ男の欲望器官を、濡れた花園に押しあてる。

「んんっ……あああっ……」

いままでパンティに密封され、女陰は直接的な刺激に飢えていたのだろう。奈津実はただ性器と性器を密着させただけで泣きそうに顔を歪め、正道にしがみついてきた。

ぐっと腰を前に送った。

淫らな粘液で濡れまみれた花びらは、ただでさえくにゃくにゃしたいやらしい感触をさらにいやらしくしながら、亀頭の侵入を迎えいれてくれる。吸盤のように亀頭に吸いつきながら、ぬめりの源泉に導いてくれる。

「あぁうううううーっ！」

女の割れ目をずぶりとえぐると、奈津実は白い喉を突きだした。

男を狂わせる、妖艶な反応だった。

正道は下腹に力をこめ、濡れに濡れた女の壺を最後まで一気に貫いた。

「くっ、くぅうううっ！」

子宮を押しあげられる衝撃に、奈津実はちぎれんばかりに首を振る。長い黒髪が、白いシーツの上でざんばらに乱れていく。

（まだ挿入したばかりなのに……）

奈津実のヴォルテージはすでに最高潮のようだ。

正道も負けてはいない。

肉と肉とを馴染ませることなく、いきなり抽送を開始した。

いや、肉と肉などとっくに馴染んでいた。奈津実のひだは裏の裏までしたたるほどに濡れていたし、刺激を求めてざわめいていた。

「奈津実さんっ！　奈津実さんっ！」

「ああっ、正道くんっ！　正道くんっ！」

歓喜に上ずった声を重ね、抽送のピッチをあげていく。奈津実は身をくねらせて、全身をからませてくる。端整な美貌を百面相のように歪めながら、両脚の間の快感に悶える。正道の直線的な抜き差しを、腰をよじって受けとめてくれる。

たまらなかった。

この前感じたことは間違いじゃない。

この女とするセックスは最高だ。

最高に気持ちよく、最高に没頭できる。

「おおおっ……おおおうっ……」

正道は声をもらすのも、口から涎《よだれ》が垂《た》れていることすらかまわず、むさぼるように腰を振りたてた。煮えたぎる男の精を噴射するまで、奈津実の躰に溺れきった。

第三章　つゆざむ

1

奈津実の躰《からだ》は異常に柔らかかった。

まぐわいながら蛇や蛸《たこ》にからみつかれているような気分になったのはそのせいだ。

おかげでいろいろな体位を経験することができた。

正道がそれまで知っていたのは、正常位、騎乗位、バックといったオーソドックスな体位ばかりだったが、たとえば奈津実を正常位で押さえこみ、ぐいぐいと抽送を繰り返していると、奈津実の片脚がいつの間にか正道の肩に載っていて、それを抱えるようにしてさらに突きあげていくと、お互いの両脚が交錯する、いわゆる松葉崩《まつばくず》しのような体位となっていることなどがしばしばあった。

男と女がお互いのけぞりながら股間を嚙みあわせるその体位は、不自然な体勢ながらも結合感は抜群で、その状態で奈津実にがくがくと腰を揺すられると、正道はあっという間に射精寸前まで追いこまれた。

正常位でも騎乗位でも後背位でも、奈津実はとにかく両脚を大きく開いたり高く掲げたり正道の腰を締めつけたりして、結合しながら躰の位置を変えたがった。そのたびに結合感が変わることを、ことのほか好んだ。

「な、奈津実さんっ……俺、そろそろっ……そろそろ出ますっ……」

正道は両脚をがに股に開き、松葉崩しの愉悦《ゆえつ》に浸っている奈津実を見た。

「いいわっ……出してっ……なかに出してっ……」

奈津実は欲情に蕩《とろ》けきった顔で言い、閉じることのできなくなった口ではあはあと息をする。

「ああっ、奈津実さんっ……」

正道はのけぞっていた上体を前に倒し、奈津実の片脚を肩に抱える格好で組み伏した。女体をくの字に曲げ、左右の二の腕をつかんで引き寄せる。どんな体位でまぐわっていても、正道は最後、そうやって奈津実の躰を丸めこんでクライマックスへ向かった。どんなに強引に躰を丸められても、奈津実の柔らかい躰はそれを受けいれ、限界を超えて深まっていく男根の抜き差しに悶絶する。

「な、奈津実さんっ……出しますっ……なかに出しますっ……」

正道は真っ赤に茹《ゆ》だった顔でうわごとのように繰り返しながら、息継ぎも忘れて腰を振りたてる。

そろそろ出そうだと思っていたのに、その瞬間は思ったよりも先にあった。

今日はすでに四度も射精しているから、それも当然かもしれない。

二十歳の若さを誇るとはいえ、それほどまぐわい続ければ、勃起させづめの性器は感度が鈍《にぶ》くなり、射精への衝動も薄まる。

それでも腰を使わずにはいられないのは、だから、もはやただ欲望のせいだけではなかった。

閉めきった六畳ひと間の湿った空気、立ち籠《こ》める男女の淫臭、荒ぶる呼吸、乱れきった鼓動、流れる汗、そして勃起の芯で疼く痒《かゆ》みにも似た射精欲――そういった一切合切《いっさいがっさい》からの解放だけを求めて、一心不乱に女体を貫くのだ。

濡れに濡れた女の股間を穿《うが》つ。

分身に淫のパワーを送りこむ。

膨張《ぼうちょう》しきった男根で子宮を突きあげ、カリのくびれで女膣の肉ひだを掻《か》き毟《むし》る。

「おおうっ……で、出るっ！　もう出るっ！　うおおおおおおっ……」

最後の楔《くさび》をしたたかに打ちこみ、煮えたぎる欲望のエキスを噴射した。尿道に灼熱《しゃくねつ》を感じながら、どくんっ、どくんっ、と奈津実のなかに男の精を注ぎこんでいく。

「はぁああああっ！　はぁああああああああーっ！」

射精の衝撃に奈津実は絶叫し、きつく丸められた不自由な躰をよじりまわす。唯一自由に動く首を振り、長い黒髪を波打たせる。

「うおおっ……うおおおおっ……」

正道は雄々《おお》しい声をもらしながら、射精のたびに全身を震わせて歓喜にあえいだ。射精しながらも腰を使い、もう一回、もう一回、と恍惚《こうこつ》の発作を呼びこんだ。

一日に五度目の射精だった。

よもやもう最後までもたないかと思われた果てに到達した射精は、最高の快感を与えてくれた。

よく、射精は溜《た》めに溜めて行ったほうが気持ちがいいなどと言うが、あれは嘘だ。溜まった精を吐きだすのは、我慢した小便を放出するのとさしてかわらない安易な射精なのだ。

もう勃たないかもしれない、出ないかもしれないというところまで欲望を使い尽くし、それでも躰中に残っているエネルギーを掻き集めて絞りだす最後の一滴にこそ、最高の快感はある。

正道はだから、五度目の射精の、最後の発作を求めて、しつこく腰を振りつづけた。眼が眩《くら》み、意識は薄らいでいく。瞼《まぶた》をぎゅっと閉じると眼尻から歓喜の熱い涙が流れ、最後の一滴を絞りだす快感を味わった瞬間、魂が抜かれたように汗に濡れた布団の上に倒れこんだ。

「あああっ……」

奈津実も魂の抜けるような声をもらし、ぐったりと手脚を放りだす。しばらくの間、呼吸を整えること以外なにもできない時間が、部屋を支配した。からっぽだった。

すべてが死に絶えたような感覚に全身が包まれた。

しかしそれは、再生が約束された死だ。

躰のなかはからっぽでも、全身に流れる血はどこまでも熱い。

奈津実が手を伸ばしてくる。

お互い天井を見上げたまま汗まみれの手を繋《つな》げば、奈津実の躰にも熱い血潮が流れていることがはっきりと伝わってくる。

（なんてこった……なんてこった……）

最初に躰を重ねたときから最高だったのに、まぐわう回数が増えれば増えるほどさらによくなっていくのは、いったいどういうことだろう。

正道は呆然とした頭で考えた。

考えたところで答えが見つかるわけではなく、ただ奈津実に対する愛おしさだけが胸にあふれてくる。

まだ呼吸も整っていないのに躰を起こし、冷蔵庫まで這っていって、冷水ポットを取りだした。

たったいま痺れるような快感を与えてくれた彼女に、なにかお礼がしたくてしようがない。

「水、飲みますか……」

まだ仰向けで息をはずませている奈津実に言うと、

「……飲ませて」

奈津実は薄眼を開けて微笑んだ。冴《さ》えた双頰が生々《なまなま》しいピンク色に染まり、薄眼の奥の黒い瞳は喜悦《きえつ》に彩《いろど》られた涙でねっとりと潤んでいた。

正道はグラスに注いだ冷水を口に含み、奈津実に口づけた。

こぼさないように丁寧《ていねい》に、先ほどまでとめどもなく女の悲鳴をもらしていた熱い唇に、そっと冷水を注ぎこんでいく。

まぐわいのあとこうやって水を飲ますのは、射精の次に心地《ここち》がいい儀式だった。

奈津実が喉仏《のどぼとけ》のない白く細い喉を動かして冷水を飲む。

にっこりと微笑みかけてくれる。

正道は自分の喉も冷水で潤し、窓を開けた。

外は雨だった。

「……よく降るね」

奈津実が躰を起こして正道の背中に寄り添い、肩越しに隣家の庭のあじさいを眺《なが》める。

東京に本格的な梅雨《つゆ》入り宣言がなされてから、今日で一週間。

その間、半日と空《あ》けずに雨は降りつづいている。

「もう一週間か……」

奈津実が背中で指折り数える。雨の日ばかりを数えているわけではない。雨が降りはじめた日にこの部屋を不意に訪れた彼女は、それから一週間、一度も家に帰らずこの部屋に居つづけているのだった。

「やばくないんですか？」

「やばいわよ」

奈津実は力なく笑う。

「主婦が一週間も家に帰らなきゃ、やばいに決まってるじゃない」

「そうですよね……」

正道も力なく笑った。

「でも、あなたのほうこそ相当まずいんじゃない?」

「いや、まあ……」

笑った頬がひきつった。奈津実がこの部屋にやってきて一週間、正道はアルバイトをサボり続けているのだった。

最初は一日だけのつもりだった。どうせ臨時雇《りんじやと》いのアルバイトだし、終電を逃すまで床磨きを命じられたことに対する復讐心もあった。

それが家に帰りたがらない奈津実とやまない雨に後押しされて、ずるずると翌日もその翌日もサボってしまい、ついに一週間丸々休んでしまったのである。

「とりあえず、僕は明日の月曜からまた真面目に働きますよ。馘《クビ》になったら馘になったで、新しいバイト見つければいいし……」

奈津実を見た。奈津実のほうは、そんな簡単な話ではないだろう。いくら彼女が別れることを望んでも、夫が受けいれなければ夫婦関係は解消できない。

「わたしは帰らないわよ」

正道の気持ちを察したのか、奈津実はきっぱりとつぶやいた。

「だっていま帰ったら、わたしきっと、あの人に殴《なぐ》られる。話したでしょう？　ものすごい暴君で、自分の思うとおりにいかないとすぐ癇癪《かんしゃく》起こして……顔の形が変わればしばらく外に出られないだろうって、そういうこと平気で言う人なのよ」

「本当に顔の形が変わるほど殴られたことあるんですか？」

「こういうことがあったわ。女友達と軽井沢《かるいざわ》に旅行に行ったんだけど、あの人はそれに反対してたのね。主婦が三日も家を空《あ》けるなって。でもわたし、どうしても行きたかったから行っちゃったの……そうしたら、帰ってきてから一週間くらい、手足を縛られて一歩も家から出させてくれなかった……」

「そんなことが……」

正道は衝撃に息を呑んだ。

しかし、どこか釈然《しゃくぜん》としないこともまた事実だった。

奈津実が語る夫像には、ぶれがある。お互いの親の意志で結婚させられたらしいが、親にあてがわれた女を娶《めと》る情けない男だと罵《ののし》ってみたり、バブルで潤って女遊びに狂っているらしかったり、かと思えば妻を監禁《かんきん》するほどの異常な執着心《しゅうちゃくしん》も見せる。

聞けば聞くほど、曖昧な印象しかもてなかった。そしてそれが、底知れぬ恐怖を誘った。もしもやくざのような男だったらと思うと、生きた心地《ここち》がしなくなる。

とはいえ、暴力を振るわれると言っている奈津実を家に帰すわけにはいかないし、彼女が夫と別れたいという気持ちは本物らしい。

（でも……）

別れていったいどうするつもりだろう？　奈津実の話では夫は金持ちの御曹司《おんぞうし》だ。まさかとは思うが、その男との裕福な生活を捨て、この六畳ひと間で十も年下の正道と暮らそうというのだろうか。

射精後の気怠《けだる》さを残した躰が、ぶるっと震えた。

もちろん、奈津実ほど肌の合う女を離したくはない。彼女が忌《い》み嫌っている夫から、奪ってやりたい。だがしかし、ひとりの女の人生を背負う資格が、底辺のアルバイトにあえいでいるいまの自分にあるだろうか。

「ねえ、お風呂行きましょう……」

奈津実は立ちあがってゆかたを羽織《はお》った。紺色の絞《しぼ》り染《ぞ》めのシックなゆかただ。着替えもたずにやってきたので、近所で服を買うついでに手に入れてきたのだ。

「下町っていいわよね。ゆかた着て銭湯に行くなんて、すごく新鮮」

「よく似合ってますよ」

涼《すず》やかな麻の帯を締めた姿に眼を細めながらも、心に冷たい風が吹き抜けていく。山の手で裕福に暮らしている彼女だからこそ、ゆかたで銭湯が新鮮なのだ。しかし、それがほんのひとときのことではなく、これから一生そういう生活を強《し》いられるとなれば、考え方も変わってくるに違いない。

2

翌日の月曜日、正道は久しぶりに地下鉄銀座《ぎんざ》線に乗って渋谷に出た。

一週間ぶりに雨はやんでくれたが、気分はまったく晴れようがない。

午後四時過ぎのセンター街は若者たちでごった返し、まっすぐ歩くこともままならなかった。

街の熱気と蒸《む》し暑い空気に不快な汗を流しながら、ようやくアルバイト先の大衆居酒屋の扉を開けた。

正道が店に入っていくと、ホールで開店準備をしていた他のバイトたちがいっせいに眼をそらし、厨房《ちゅうぼう》から顔を出した板長の小沢がふんっと鼻で笑った。

「おまえ、よく来れたな」

「すいませんでした。風邪《かぜ》はもうすっかりよくなったので、今日からまたよろしくお願いします」

「あ、そ。とにかく、奥行ってオーナーに挨拶《あいさつ》してきな」

「……はい」

鉛《なまり》を呑みこんだような重い気分で奥の事務所の扉をノックし、なかに入った。伝票整理をしていた五十がらみの女オーナーは正道を一瞥《いちべつ》し、呆《あき》れた顔で首を振った。

「あんたもう来なくていいわよ」

電卓を叩く作業を再開して言う。

「うちも遊びでやってるんじゃないから、あんたみたいないい加減なのは雇っておけないの。わかるわよね？　あ、帰る前にそこの貼り紙読んでいって」

オーナーが指さした先には、『無断欠勤をした者、一カ月未満で辞めた者、店の風紀《ふうき》を乱した者には、報酬《ほうしゅう》は一切払いません』とあった。

「僕、無断欠勤なんてしてませんけど……」

正道は声を震わせた。馘になるのは覚悟のうえだったが、いままで働いた二週間分の給料まで奪われてしまってはたまらない。

「そうでしょ、オーナー。毎日ちゃんと断りの電話したじゃないですか……」

「あなたの場合は、店の風紀を乱したところに該当《がいとう》するの。風邪なんて言って一週間も休んで、どうせ仮病《けびょう》でしょ」

「違います」

「だったら、医者の診断書もってきなさい」

「医者には行きませんでした」

「馬鹿言いなさんな。一週間も寝込むほどの風邪ひいて、医者行かないなんておかしいじゃないのよ」

伸び放題の不潔《ふけつ》なパーマヘアを掻き毟りながら、黄色く濁《にご》った三白眼《さんぱくがん》で睨《にら》んでくる。

なんという薄汚い女だろう。

正道は、人妻との情事に溺れて仕事をサボった自分の落ち度を棚《たな》にあげ、オーナーを睨みかえした。人を小馬鹿にした貼り紙など破り捨て、暴れてやろうかと思った。

それをこらえることができたのは、ジーパンのポケットに入れてあった指輪の硬い感触のおかげだった。奈津実の結婚指輪だ。部屋で奈津実が待っていると思うと、警察にしょっぴかれるわけにはいかない。浅草に帰れば、眼の前の不潔な女がこの先逆立ちしてもできないような、蕩けるようなセックスが待っている。その優越感が、かろうじて憤怒《ふんぬ》を呑みこませてくれたのだった。

「……勝手にしろ」

吐き捨てて、踵《きびす》を返した。遊びを知らない正道だから多少の貯金はあり、すぐに生活に窮《きゅう》するということはなかったが、二度と帰らない二十歳の時間を奪われて報酬がゼロというのは耐《た》え難《がた》い屈辱だ。

事務所を出ると、厨房の仕事をサボって様子をうかがっていた小沢が勝ち誇ったような薄ら笑いを浴びせてきたが、きっぱりと無視して店を出た。

（くだらねえ……くだらねえ……）

身から出た錆《さび》とはいえ、無性に腹がたった。なぜあんな薄汚い女に、足元を見られなければならないのだろう。なぜ冷凍食品を温めているだけの三流料理人に、薄ら笑いを浴びせられなければならないのだろう。なぜあんな店で働く以外に、糊口《ここう》をしのぐことができないのか。

全部自分が悪いのだった。

板前を目指すなら当然くぐらなければならない試練から、ケツをまくって逃げだしたおのれが馬鹿だったのだ。

うつむいて早足で歩いていたら、センター街の人混みで男にぶつかった。学生ふうのファッションではなく、やくざ者のような派手《はで》な柄《がら》のシャツが眼に入った。

「おおーっと……」

「どしたい？　怖い顔して」

男が厳《いか》つい顔を崩し、身構えた正道の肩を叩いてくる。

「カ、カクさん……」

神田の料亭『松葉』のにいさん、角田光二《かくたこうじ》だった。

「な、なにやってるんですか、こんなところで……」

「なにやってるとはご挨拶だな。今日は店の定休日だから、おめえに会いにきたんだよ。この先の居酒屋で洗い場やってるんだろう？」

「いえ、それが……」

正道は苦虫を噛みつぶしたような顔になった。

カクさんはふたつ年上の二十二歳、若くして名門『松葉』の焼き方を任されている。中学卒業後すぐに板場に入ったので、若くてもキャリアは長いのだ。ちゃきちゃきの江戸っ子で舌鋒鋭《ぜっぽうするど》く、厳つい顔も私服のセンスもやくざ者のようだけれど、歳が近いこともあって、正道にはやさしかった。しくじっても他のにいさんたちのように手をあげなかった。正道が『松葉』を辞めるとき、最後まで引き留めてくれたのもカクさんだった。

「なんかあったって顔してるな……」

カクさんは正道の眼をのぞきこんで言い、

「店、戻らなくていいのか？」

「……ええ」

「じゃあ、ちょっと付き合え。一杯飲もう」

カクさんの大きな手に背中を押され、正道は覚束《おぼつか》ない足取りで歩きだした。


センター街の路地裏にある焼鳥屋でチューハイレモンを流しこむと、正道は胸につかえていたものをすべて吐きだしたくなった。

「いやあ、馬鹿やっちゃいましたよ。実はこの前、生まれて初めてナンパに成功しまして。三十の人妻で、すっげえいい女なんですよ。でもその人、ダンナと別れたいとかなんとかで家出してきちゃって、いまうちにいるんですけど、いちゃいちゃ遊んでるうちに一週間ばかり経っちゃいましてね。で、今日、久しぶりに店に行ったら、馘だと……まあ、こっちもあんな薄汚い店に未練はないからせいせいしましたけど。でも、店の風紀を乱したから半端になった給料も出さないなんて言いやがって……人をバイトだと思って完全にナメてますよ……」

へらへらと笑いながら、面白可笑《おか》しく話した。胸につかえていたのはけっして面白可笑しいことだけではなく、どす黒い感情が渦巻《うずま》いていたけれど、それを久しぶりにあったにいさんにぶつけるのはためらわれた。

慰めも同情もいらないから、ただ笑い飛ばしてほしかった。ナンパ好きで、いつも武勇伝より失敗談を楽しそうに話してくれたカクさんなら、そうしてくれるはずだった。

「それじゃあ、おめえ、いまその人妻と同棲《どうせい》してるわけ?」

カクさんが焼鳥を囓《かじ》りながら訊ねてくる。

「同棲っていうか、とりあえずこの一週間は……」

「泊まりっぱなしの、やりっぱなしか?」

「ええ、まあ……」

正道はへらへらと頭を掻き、

「でも、ナンパに成功できたのは、にいさんのおかげですよ。ほら、昔教えてくれたじゃないですか。ナンパするなら三十くらいの人妻に限るって。人妻なんて、澄ました顔しても欲求不満の塊《かたまり》だって」

「いや、まあ、言ったけどさあ……」

カクさんはバツ悪げに顔をしかめると、

「すいません、お銚子《ちようし》二、三本まとめて持ってきて。冷《ひ》やでいいから」

店員に向かって声をあげ、腕組みをして押し黙った。お銚子が来ると、まだ飲みさしのチューハイを脇に寄せ、冷酒をお猪口に二杯、立てつづけに呷《あお》った。

「あのう……なにか僕、まずいこと言いました？」

カクさんが急に不機嫌そうな顔になったので、正道は恐るおそる訊ねた。

カクさんは三杯目の冷酒を呷ると、ぎろりと眼を剝《む》いて声を低く絞った。

「おめえ、たったの一回ナンパに成功したくらいで、調子こいてるんじゃねえよ」

「えっ……」

「俺がナンパ相手に人妻を推薦したのは、後腐《あとくさ》れなく遊べるからだぜ。それを自分んとこのアパートに引っ張りこんで一週間だと？　刃傷沙汰《にんじようざた》でも起こしたいのか？　それとも裁判か？」

「さ、裁判なんて……」

「冗談じゃないんだぞ。人妻と本気で愛しあっちゃって向こうが離婚って話になれば、ダンナが訴えるのはおめえなんだから」

「いや、でも、それは彼女が……自分の意志で……」

正道がもごもごと言い訳すると、カクさんはそれを遮《さえぎ》り、

「しかも、だ。そんな理由で一週間も仕事をサボるたあ、まともじゃねえ。そんなもん、鼢に決まってるだろ。鼢で命拾いだよ。おめえ、相手が『松葉』のおやっさんだったら半殺しじゃすまねえぞ。血の雨が降ってるっていうんだ」

「いえ、その……すいません」

正道はうなだれて謝ったが、カクさんは許してくれなかった。

「だいたいな、てめえが世話になってる店つかまえて、薄汚ねえとはどの口が言ってるんだ？　おめえ、その店で稼いだ金でおまんま食ってんだろ？　人妻とずっこんばっこんやり倒したアパート代払ってんだろ？　おめえみたいな薄ら馬鹿、豆腐の角に頭ぶつけて死ねばいいよ」

カクさんは怒り心頭で顔から耳まで真っ赤にしていた。

正道はうなだれたまま、二度と顔を上げられなくなった。

カクさんの言うとおりだった。

いったいどうして、こんなことになってしまったのだろう？

「……飲めよ」

カクさんがお銚子を持ちあげたので、正道は顔を伏せたまま杯《さかずき》を受けた。顔を上げると、涙がこぼれてしまいそうだった。

「俺はな……いや、たぶん俺だけじゃなくて板場の人間はみんな、おめえのこと買ってたと思うぜ。たしかになにをやるにも時間はかかったが、仕事は丁寧だった。与えられた仕事を最後まで投げださない根性もあった。もう一年、二年辛抱してりゃあ、どうにかなってたはずなのに……だがまあ、そんな調子じゃ、こっちの見込み違いだったのかもしれねえけどよ……」

カクさんはそれきりむっつりと押し黙り、すさまじいピッチで三本のお銚子を空けた。それから店員にペンを借りると、さらさらとなにかを書いて立ちあがった。

「じゃあな。俺はもう帰る。渋谷じゃ飲んでも酔えねえや」

カクさんが店を出ていってからも、正道は顔を上げることができなかった。心に空いた風穴に、冷たい風が吠えるように吹き抜けていく。

「どうすんの？　お勘定かい？」

店員のおばちゃんに声をかけられ、ようやく顔を上げると、テーブルには二枚の一万円札と封筒が残されていた。

ふたりで二千円ほどしか飲んでいないのに、二万円も置いてあったことにも驚かされたが、封筒が謎だった。宛名《あてな》の脇に『おめえみたいな馬鹿、都落《みやこお》ちして、もういっぺん追いまわしで苦労しろ』と殴り書きがしてある。宛先の字とは別の書体だったので、カクさんがいま店でペンを借りて書いたものに違いない。

「追いまわし」とは、板場で修業する見習いの呼称だ。鍋《なべ》を磨いたり、野菜や魚を洗ったり、厨房《ちゆうぼう》を掃除したり、板前になるには誰もが経験しなければならない過酷《かこく》な下働きで、正道はそれをまっとうできないまま『松葉』を逃げだしたのだった。

「すいません、お銚子もう一本」

おばちゃんに告げ、封筒を開ける。

花村貞郎様《はなむらさだろう》——と始まる手紙が入っていた。『松葉』のおやっさんの本名だ。差出人は西伊豆《にしいず》で料亭旅館を営《いとな》む女将《おかみ》で、追いまわしを任せられる若い衆をひとり紹介してほしい旨《むね》が綴《つづ》られていた。つまりカクさんはおやっさんの使いで、正道にその仕事を勧めるために、わざわざ渋谷まで足を運んでくれたのだ。

（おやっさん……カクさん……）

正道は大きく息を呑んだ。焼鳥を焼く煙が眼にしみた。お銚子を運んできたおばちゃんの眼もはばからず、こらえていた涙がとめどもなく頰に流れ落ちた。

3

梅雨の谷間の蒸し暑い空気は、センター街を抜けて公園通りまで歩いただけで全身から大量の汗を噴きださせた。

(西伊豆か……)

正道は、カクさんが残していった手紙について考えながら、夜の渋谷を歩きまわっていた。

『松葉』のおやっさんの紹介ならば、まともな料理を出すまともな料亭旅館に違いない。つまり、まともな板前修業をまた一からやり直すことができるということだ。

東京に未練はなかった。むしろ、バブルの喧噪《けんそう》から離れたかった。浅草にはいずれ帰ってきたいけれど、それは一端《いっぱし》の職人になってからでも遅くない。

(行きたい……行きたいけど……)

ジーパンのポケットに手を突っこむと、硬い金属の指輪が指に触れた。

東京には未練などないが、奈津実との関係はいったいどうすればいいのだろう。

カクさんの言うとおり、トラブルになる前に手を引いたほうが身のため、という気がしないでもない。奈津実によっていつも曖昧に語られる夫の存在が、怖くないと言えば嘘になる。

だが、だめだ。

奈津実と離れ、もう二度と彼女を抱くことができない——想像しただけで気が狂いそうになる。頭ではなく、全身の細胞がいっせいにノーと言う。あれほど肌の合う女を手放すなんて、馬鹿げている。それは男に生まれた意味を否定することに等しい。

奈津実に西伊豆行きを打ち明けたら、どんな反応が返ってくるだろうか。

反対されるだろうか。それとも渡りに船とばかりに、一緒に都落ちをしてくれるだろうか。しかしそうなれば、二十歳にしてひとりの女の生涯を背負う覚悟を決めなくてはならない。一から修業をやり直そうという男にとって、そんな女の存在はいささか荷が重すぎることは間違いない。

腕時計を見た。

まだ午後七時過ぎ。奈津実には終電で帰ると伝えてあるから、もう少し考える時間がとれそうだ。とにかく暑いので、どこか喫茶店にでも入ろうか。

（……んっ？）

公園通りの坂をのぼりきってUターンしてくると、着飾った若者たちが大挙《たいきょ》して道にたむろしている場所に出くわした。眼の前の雑居ビルには、ディスコの看板。働く心配のない若者たちは、今夜も親の金で乱痴気騒《らんちき》ぎというわけだ。

（ディスコか……）

東京に来て三年あまり、正道はまだディスコに足を踏み入れたことがなかった。興味を覚えたことなどなかったけれど、なぜだか今日に限って行ってみたい気がした。

カクさんが残していってくれたお金があったので、そんな気になったのかもしれない。アルバイト二週間分の給料を踏み倒されたのだから倹約《けんやく》すべきなのに、現金の重みが気を大きくしたのである。

入場料は四千円だった。

フロアに続く重い扉を開けた瞬間、躰の芯《しん》まで響いてくるビートと、暗闇に反射するストロボに仰天させられた。

眼をならしながら恐るおそる入っていくと、店内は驚くほど天井が高かった。ビルの二フロアか三フロアぶんを吹き抜けにしており、階上には桟敷《さじき》席があって、ダンスフロアを見下ろせるようにぐるりと取り囲んでいる。

ダンスフロアの光景は異様としか言い様がなかった。

その店には当時流行《はや》っていたお立ち台はなかったけれど、原色の照明が交錯するなか、ボディコン姿の若い女たちが汗まみれになって踊っていた。なかには羽根でできた扇子《せんす》や首飾りを持っている女もいて、それを振りたてながら腰を振る様が唖然《あぜん》とするほどいやらしい。服を着ているのに、発情した牝そのものに見える。

さすがに踊る勇気はなかったので、正道は壁際にひっそり隠れて様子をうかがった。

ずんっ、ずんっ、という重厚なリズムが躰ごと視界を揺らす。

汗の湿り気を含んだ熱気が、鼻を刺す香水の匂いと入り混じって迫ってくる。

所在なくダンスフロアを眺めていると、いったい俺はなにをやっているのだろうと、暗《あん》澹《たん》たる気分になってきた。やはりこんなところで遊んでいる連中は自分とは人種が違い、どこまで行っても交わることなどなさそうだ。そんなことはわかっていたはずなのに、カクさんから貰った金を四千円も使ってしまった。胸が苦しいのは熱気に包まれた店内の空気が薄いからだけではなく、カクさんに申し訳ないという後悔のせいだ。

「……あれ？」

そのとき、眼の前を歩いてた真っ赤なボディコンの女が、立ちどまって正道の顔をまじまじと見つめてきた。

「おにいさん、居酒屋の店員さんでしょう？　あたしのこと覚えてます？」

「あ、ああ……」

正道はうなずいた。鍼になったアルバイト先でゴミ処理をしていたとき、道を訊ねてきた女だった。

女は柳のように細い躰をくねらせて正道に身を寄せると、

「やっぱり知ってたんじゃないですかぁ？」

舌っ足らずな口調で憎々《にくにく》しげに耳打ちしてきた。

「あのときあたしが聞いてたの、この店ですよぉ。知らないふりしたくせに、ちゃっかり遊んでるなんて意地悪ね」

「あ、いや……」

正道はバツの悪さに顔をそむけた。ディスコに入ったのは生まれて初めてだし、訊ねられた店の名前も忘れてしまっていたが、なんというタイミングの悪さだろう。

「お詫《わ》びに一杯奢《おご》ってくださいよぉ」

女が媚《こ》びるようにささやく。だが、いつか会ったときと同じように、眼つきはどこまでも高慢だ。

「……べつにかまわないけど」

カチンときた正道がそっけなく答えると、女は満面の笑みをこぼし、正道を階上の桟敷席にうながした。

ふたり掛けのソファに腰かけると、ダンスフロアを座ったまま見下ろせた。人混みに酔っていた正道はようやく新鮮な空気を吸えてホッとしたが、それも束《つか》の間、ボーイがあらためて伝票を持ってきたので焦《あせ》ってしまった。

女は眉をひそめてずりあがってきたボディコンの裾を鬱陶《うっとう》しそうに戻しながら、

「あたし、カルアミルク」

とボーイに告げる。

「お、俺はビール」

正道も注文し、ボーイが去るとあわてて女に耳打ちした。

「ここって、まさか別料金なのかい？」

「当たり前じゃないですかぁ。でも、VIP席ってわけじゃないのよ。本当のVIPはあっち」

女の指差した先はダンスフロアの奥にあるガラス張りの部屋で、テーブルにはフルーツの盛りあわせが並び、ド派手なネクタイをした男たちが女たちにシャンパンをふるまっていた。もはやテレビでも見ているような、現実感のない光景だ。

「やっぱり世の中お金ですよねぇ。あたし、あの席でシャンパンなんか飲まされたら、ベッドインくらいすぐに応じちゃうかも」

「……で、ここの追加料金はいくら？」

「ワンシート一万円。ドリンクはだいたい千円くらい」

「そ、そう」

正道は視線を泳がせた。つまりお互い一、二杯ずつ飲めば、入場料と併《あわ》せて、カクさんに貰った金はすっかりなくなってしまうわけだ。蒼《あお》ざめている正道を見て、女はしてやったりというふうな薄ら笑いを投げてきた。

（ちくしょう……）

苛立《いらだ》ちを嚙みしめながら、横目で女を睨みつける。なにが一杯奢ってだ。一万いくらも取られるとわかっていれば、きっぱり断ってやったのに。

「そんなに怖い顔しなくてもいいでしょ」

女はにやにやと笑い、

「あたしみたいにいい女が隣に座ってるんだから、それで満足しなさいよ。いくらお金払っても、おにいさんひとりじゃここには通してくれなかっただろうし」

安もののTシャツにジーパン姿の正道を見て、得意げに顎《あご》をもちあげる。

いい女――自分でそう言いきられてしまうと鼻白《はなじら》んでしまうが、彼女はたしかに美人だった。

小さな童顔に、くりっとした眼。鼻は小高く、唇は小さいけれど肉厚で、深紅《しんく》のルージュが塗られてひどく目立つ。太く描かれすぎた眉と昆虫の触角みたいな前髪も、カラフルな照明が飛び交うディスコの店内で見ればそれほど異様ではない。

そして、顔立ち以上に眼を惹《ひ》いたのが、真っ赤なボディコンに包まれた肢体だった。ぴったりした服の生地がスレンダーな艶めかしいボディラインを露骨に強調し、スカート部分の丈は膝上三十センチはありそうな超ミニだ。組まれた足は太腿の半分以上が露出し、ストッキングの光沢できらきらしている。

「乾杯しましょう」

ボーイが酒を運んでくると、女はグラスを掲《かか》げた。

「あたしは西野早紀《にしのさき》。おにいさんは？」

「岸田正道」

名を名乗り、グラスを合わせた。

名前も知らない外国産のビールは、味が薄くて水っぽかった。

「ふふっ、岸田くん、こういうところ来たの初めてでしょ？」

早紀が訳知り顔でささやく。

「どうしてそう思うんだよ？」

「だって挙動不審《きょどうふしん》だもん。無意味にきょろきょろしちゃって」

「……そっちはよく来るのかい?」

「まあ、週に三回くらい。ここは二回目だけど」

「大学生?」

「似たようなもん。短大生」

「ふうん」

しかめっ面でビールを口に運んだ。しかし、内心ではひどくどきどきしていた。短大生のボディコンギャル——肩書きだけで扇情《せんじょう》的だ。テレビや週刊誌などではよく見かけるが、こんなふうに話す機会など一生ないと思っていた。

「でも失敗したなぁ」

早紀は茎《くき》のように細長い煙草《たばこ》に火をつけると、熱気のうずまくダンスフロアの上に向けて、さも鬱陶しそうに紫煙《しえん》を吐きだした。

「親が短大のほうが就職に有利だって言うから短大にしたんだけど、来年はもう就職だもんね。早すぎるよ。大学生ならあと二年も遊べたのに……」

「遊ぶのってそんなに楽しいかよ?」

正道がつぶやくと、

「それはこっちの台詞でしょ」

早紀は唇を尖らせ、紫煙を吹きかけてきた。

「あたし、この前聞いたじゃない？　そんなに一所懸命働いてて、楽しいのって？　若いときって二度と戻らないのに、真面目《まじめ》に仕事してるだけでいいのって？」

正道は眼をそらして押し黙った。

早紀の口から何気なく放たれた「一所懸命」という言葉が胸を突く。

自分は一所懸命ではない。高校時代、国語の授業で習った。一所懸命とは、いにしえの武士が、ひとつの領地に命を賭けるところからきた言葉だ。

もちろん真面目でもない。カクさんの言うとおり、真面目に仕事に精を出している男なら、自分を働かせてくれていた店を軽蔑できるわけがない。

「ねえ、どうなのよ？」

早紀が身を寄せてくる。

「仕事するのってそんなに楽しいの？　無視しないで教えてよ」

ボディコンをふくらませている胸が肘にあたり、正道は焦った。ブラジャーの感触しかしなかったけれど、ボディコンの胸に触れてしまった事実が動悸を乱す。激しい緊張とともに、性的な興奮を誘ってくる。

「べ、べつに……楽しかないさ……」

正道はわざとらしいほど大げさに腕を引き、ジーパンのポケットに手を突っこんだ。だが、硬い指輪をいくらいじっても心の平安は訪れず、苛立ちにも似た劣情だけが全身を熱く焦がした。

4

「……なにするのよ？」

廊下の壁に押しつけると、早紀は笑いながら言った。余裕を見せたつもりだろうが、頬がひきつっていた。眼の据《す》わった正道に、気圧《けお》されたのだ。

桟敷席の奥にある、トイレに続く暗い廊下だった。

人気《ひとけ》はない。並びの席に座っている客もいなかったので、賑やかな店内でここだけはちょっとしたエアポケットのような場所だ。

「冗談はやめてよ。ね、ちょっと落ち着いて」

早紀は必死に取り繕って諭してきたが、もう後には戻れない。

「……ぅんんっ！」

早紀の両手を壁に押しつけて、唇を奪った。小さくて弾力のある早紀の唇は、先ほどまで飲んでいたカルアミルクの甘ったるい味がした。

早紀はカルアミルクを全部で三杯飲んだ。

二杯目と三杯の間に、階下のダンスフロアにおりて踊った。

正道は上からその様子を見ていた。

羽根製の扇子こそ持っていなかったものの、早紀はフロアでとびきり目立っていた。真っ赤なボディコンのせいもあるし、ゴールドに輝くアクセサリーのせいもある。耳につけた大きな輪っかのイヤリング、胸元でじゃらじゃらと跳ねるネックレス、手首に光る何重もの細いブレスレット、そして、どんなアクセサリーよりも麗しく女を飾りたてる漆《しっ》黒《こく》のワンレングスヘア。

だが、早紀を他の女たちから際立たせていたいちばんの理由は、その抜群のプロポーションにあった。

柳のようなスレンダーボディだ。それを妖しくくねらせると、フロアの男たちは例外なく視線を釘づけにされた。上から見ている正道にはよくわかった。早紀は男たちの視線を集めるほどに恍惚《こうこつ》とし、淫らと言っても過言ではない腰つきでビートをつかまえる。ストロボが瞬《またた》くと、丸みを強調されたバストやヒップが男たちの眼を射《う》つ。激しい動きでボディコンの裾がずりあがり、太腿が付け根のあたりまで露出しているのもかまわず、早紀は踵《かかと》の高いハイヒールで大胆にステップを踏みつづける。

見ている正道は、勃起していた。

狂おしいほどの劣情にさいなまれ、味の薄いビールをがぶ飲みした。

戻ってきて三杯目のカルアミルクを飲み干すと、早紀は言った。

「なんかうるさくて頭痛くなってきちゃった。どっか静かなところで飲み直そうよ」

汗の匂う肢体をソファに投げだし、とろんとした眼を向けてくる。

「静かなところ」が落ち着いたバーかなにかを指すのか、あるいはホテルの密室を指すのかは微妙なところだった。

冷静に考えてみれば、桟敷席に誘ったときと同じように高い店で高い酒をたかりたかっただけなのかもしれない。しかし、自分の人生でけっして交わることのないと思っていた高嶺《たかね》の花が、そんな台詞を与えてくれたことに正道は興奮した。

劣情の炎に油を注がれたと言ってもいい。

「じゃあ、行こう」

正道は早紀の手を取って立ちあがった。はなからバーやホテルに行くつもりはなかった。行きたくとも、もうそんな金は持ちあわせていなかったからである。

「うんんっ……やめてよ、こんなところで……」

早紀は首を振ってキスをほどいた。もしその顔が眉を吊りあげていたら、正道はごめんと謝って行為を中断したかもしれない。

しかし、早紀の顔に浮かんでいたのは困惑《こんわく》だった。

甘ったるいカクテルと淫らなダンスで悩ましく紅潮していた顔を、困ったように歪めていた。

いける、と正道は本能で確信した。

早紀は本気でいやがってはいない。押しきれば大丈夫だ。短大生のボディコンギャルといっても、年齢の変わらぬ相手じゃないか。よく見ろ。三十の人妻である奈津実と比べれば、子供同然だ。恐れることはなにもない。

「来いよ」

早紀の手を取り、男子トイレの扉を開けた。

蛍光灯《けいこうとう》の刺すようなまぶしさに、お互い一瞬眼を細めた。

洋式の便器が剝《む》きだしで置かれている、ひとり用の個室だった。黒いタイルの壁と大きな姿見が目立つ内装は気取った雰囲気で、不潔な感じはしない。

正道は扉を閉め、鍵をかけた。

「ねえ、お願い……」

早紀がすがるような眼を向けてくる。

「こんなところじゃ、いや……するんなら、ホテルに行こうよ。ラブホでいいから、ベッドのあるところで……」

早紀の気持ちとは裏腹に、その言葉は正道の確信をますます強めただけだった。火照った肢体を真っ赤なボディコンごと抱きしめると、汗が匂った。甘ったるい匂いのする汗だった。

「いいだろ。もう我慢できないんだよ」

正道は熱っぽくささやきながら、もう一度唇を重ねていく。

「ぅんんっ……ぅんんんっ……」

今度はいきなり舌を差しだし、早紀の口のなかに侵入した。

ねちゃねちゃと舌をからめた。

「ぅんんっ……あああっ……」

早紀はあえぎ、口を開いたまま恨みがましい眼を向けてくる。

そんな表情もまた、正道にとっては劣情の炎に注ぎこまれる油だった。

舌をからませながら、ボディコンの胸をまさぐった。

収縮性のある生地越しに、ブラジャーの硬いカップを感じる。

早紀の躰はスレンダーで、胸のふくらみもそれに比例して控えめだったので、服の上から肉の弾力まで感じることはできなかった。

それでも、正道は夢中になってまさぐった。乳房そのものより、ボディコンをまさぐっていることに異様な興奮を覚えたからだ。

（たまらん……たまんねえ……）

ボディコンの衣装も、ゴールドのイヤリングやネックレスも、昆虫の触角のように跳ねあげた前髪も、そういったことの一つひとつが、劣情を煽《あお》る小道具となる。いままで抱きあった女たちとは違う種類の、ぎざぎざした鋭利《えいり》な興奮をもたらしてくる。

正道は胸のふくらみをまさぐっていた手を、下肢に伸ばしていった。

服の生地越しとはいえ、ボディコンの素材はぴったりと躰に貼りついているので、脇から腰、そしてヒップへと続く艶めかしいボディラインを手のひらで存分に味わうことができる。

スカート部分の裾をまくった。

元より膝上三十センチの超ミニだから、わずかにまくっただけでナチュラルカラーのストッキングに包まれたパンティが現われた。

ショッキングピンクのハイレグだった。

ヒップもほとんど尻臀《しりたぶ》を剝きだしにしているが、前もTフロントと言ってもいいほどの大胆さで、褌《ふんどし》のように股間に貼りついている。

「いやっ……いやあっ……」

身をよじる早紀を壁に押しつけ、股間に手指を滑《すべ》りこませていく。

ざらざらしたストッキングのナイロン越しに、こんもりと形よく盛りあがった恥丘を撫でさする。

上から下へ、下から上へ。自分でもいやらしすぎると思ってしまうタッチで、指が勝手に動きまわる。

そうしつつ太腿も揉みしだき、両脚を開いていく。

「んんっ……んんんっ……いやああっ！」

片脚を持ちあげ、ハイヒールを履《は》いた足を便座の蓋《ふた》の上に載せてやると、早紀は真っ赤な顔で悲鳴をあげた。

あられもなく下着を丸出しにされた格好が、早紀にも壁の姿見に映って見えていたのである。

（こんな格好で踊ってるくせに、一丁前《いっちょうまえ》に羞恥心《しゅうちしん》はあるわけか……）

正道の心は悪意にどこまでも尖っていき、早紀に対してやさしさの欠片《かけら》ももてなかった。ただ牡の本能に内包された攻撃的な欲望だけが、躰を突き動かしている。

「俺は知ってるぜ……」

大股開きになった股間を指先でねちっこくいじりながら、血の色に染まった早紀の耳殻《じかく》に熱い吐息を吹きかけた。

「おまえ、踊りながら感じてただろう？　太腿に男の視線を感じながら、パンツのなか濡らしてただろう？」

「そ、そんなこと……あるわけないでしょう……」

早紀は否定の言葉を口にしつつも、視線を泳がせた。図星《ずぼし》を指された困惑が、異様に太く描かれた眉を情けない八の字に垂《た》らしていく。

「嘘つけ。それで火照った躰を冷ますために、こうやって男漁《あさ》りを繰《く》りかえしてるんだろう？　短大生が聞いて呆《あき》れるぜ」

「ひ、ひどいこと言わないで……あああっ！」

正道がパンティストッキングを破ったので、早紀は悲鳴をあげた。

正道にはもう、自分で自分を抑えることができなかった。艶かしい光沢に彩られたナイロンをセンターシームに沿ってまっぷたつに引き裂くと、びりびりというサディスティックな音が狭い個室に響き渡った。

「お望みどおり漁られてやるよ……」

ストッキングの破れ目から指を突っこみ、パンティのなかに忍びこませていく。

「馬鹿高い酒で酔っぱらう必要なんかないさ。男と女には結局これしかないもんな」

「あああっ……くぅううううっ……」

ショッキングピンクのTフロントにかろうじて隠されていた恥毛の奥をまさぐると、早紀は朱色に染まった首に筋をたてて悶絶《もんぜつ》した。

「……ぐっしょりじゃないか」

正道は勝ち誇った声で言った。

「ううう……」

早紀が悔しげに唇を噛みしめる。

辱《はずかし》めるための誇張ではなく、たしかにぐっしょりだった。くにゃくにゃした早紀の花びらは、まだ口を開いてもいないのに汗とは違うねっとりした発情のエキスで濡れまみれ、呆れるほどの興奮状態を伝えてきた。

正道は指先で花びらの合わせ目をなぞった。
二、三度なぞっただけで女の割れ目はやすやすと口を開き、なかから大量の、熱湯のような愛液をあふれさせた。

「あああっ……あぁあああっ……」

ぬるぬるに濡れた粘膜の上で指を躍らせてやると、早紀はボディコンをたくしあげられた腰をくねらせ、地面についているほうの脚をがくがくと震わせた。

クリトリスをいじった。

スレンダーな躰に似合わず小指の先ほどもある突起を押しつぶし、つまみあげ、皮を剝いたり被せたりしてやると、早紀はもう、トイレでの情事を拒否する言葉を口にしなくなった。

ただあうあうと喉を鳴らし、片脚立ちの躰をダンスフロアで見せたより妖しくくねらせて、男の指によってもたらされる快楽に溺れていった。

「自分ばっかり気持ちよがってるんじゃねえよ……」

ささやく正道の顔は、早紀に負けないくらい興奮で真っ赤に茹であがっていた。

もう我慢できなかった。

早紀の背後にまわって、ジーパンを突き破らんばかりに勃起しきった分身を解放した。

早紀の片脚はまだ、便座の蓋の上に残っている。

そのままの体勢で、ショッキングピンクのパンティを片側に寄せた。

L字形に開かれた長い両脚の中心に早紀の女の花が咲き、天井の蛍光灯がそれを煌々《こうこう》と照らしだした。

「恥ずかしい……恥ずかしいよ……」

早紀は身をよじり、コーラルピンクのマニキュアが塗られた指先で、壁の黒いタイルを掻き毟る。

正道は左手で早紀の尻臀をつかまえ、右手を女の花に添えた。親指と人差し指を使って、輪ゴムをひろげるようにぐっとくつろげると、悩殺的な薄桃色の粘膜が露出され、白《はく》濁《だく》した本気汁《ほんきじる》がとろりと肉層からあふれだした。

淫らな光景だった。

真っ赤なボディコンから濡れた恥部だけを剝きだしにし、これから訪れる挿入の予感にあえいでいる女。

それに加えて、そのあられもない姿が壁の姿見に映っているところもまた、たまらなく興奮を誘ってきた。立ちバックで背を向けている早紀の恥辱に染まった顔を、鏡越しにうかがうことができるのだ。

正道はそそり勃つ分身を早紀の尻に近づけた。大きく息を呑む。しとどに濡れた熱い割れ目に亀頭を押しつけ、

「あぁあああああーっ！」

ぐっと腰を前に送ると、早紀はのけぞって甲高い悲鳴をあげた。

正道はその腰を両手でつかみ、歓喜にざわめく肉ひだを掻き分けていく。

すさまじい濡れ方だった。

穴が広いわけでもないのに、特別に力を込めなくても分身がするすると奥に進んでいく。あっという間に、こりこりした子宮に亀頭があたり、男根が根元までずっぽりと埋まりこんでしまう。

「あああっ……あぁあああっ……」

激しくあえぎながらも早紀は、潤みに潤んだ眼を細め、鏡を見ていた。

その様子を見て、彼女がこれほど大量に濡らしていた理由を、正道はようやく理解できた。

早紀も鏡に映った自分の姿に興奮しているのだ。

ボディラインをぴったりと出す衣装を好む自意識過剰な女のことだ。晴れのボディコン姿でセックスしている自分自身に、身も世もなく欲情していても不思議ではない。

「むうっ……むううっ……」

いやらしいくらいに細い柳腰《やなぎごし》を両手で感じながら、正道は鼻息も荒く抽送を開始した。

煮えたぎる劣情のつぶてを早紀の内側に放出するまで、高嶺《たかね》の花と仰《あお》いでいたボディコンの女体を突きまわし、ひいひいとよがり泣く声に全身を昂《たか》ぶらせながら、渾身《こんしん》のストロークを送りつづけた。

第四章　あらたま

1

「……また雨が降ってきた」

窓の外をちらと眺めて、奈津実がつぶやく。

服は着ていなかった。ミルクを溶かしこんだように白い背中を見せて躰を丸め、いまし方熱い精を迸《ほとばし》らせたばかりの正道の分身を、愛《いと》おしげに舐めていた。

長い黒髪を掻きあげながら舌を躍らせ、まだ勃起を保ったままの肉茎をぺろり、ぺろり、と舐めまわすその姿は、妖艶でありつつも、どこか可愛《かわい》らしい。まるで犬みたいだな、と射精後の気怠《けだる》さに重く痺れた頭で思う。

「自分の味がしませんか?」

少し意地悪な言葉を向けてみると、

「するわよ」

奈津実はあっさりと答えた。

「いやじゃない？」

「変なこと言わないで。これはわたしなりの、精一杯の愛情表現なんだから」

妖しく乱れた黒髪の奥で、拗《す》ねた少女のように頬をふくらませる。

「じゃあ、今度は僕にもさせてくださいよ」

意地悪な言葉を続けた。

「僕だって奈津実さんに、愛情表現がしてみたい……」

奈津実は相変わらず、フェラチオはしてくれても、クンニリングスは拒否しつづけていた。それどころか、明るいところで両脚の間を見せることすら拒《こば》んでいる。

「わたしはいいの」

奈津実は亀頭の先に唇を押しつけ、チュッと音をたてて残滓《ざんし》を吸った。

「だって恥ずかしいもの」

「ずるいなあ……」

昨夜からの荒淫《こういん》のおかげでひりひりしている亀頭を、生温かい舌で舐めまわされる刺激はどこまでも甘美だった。その刺激に酔いしれながら、正道は眼をつぶった。暗闇に意識を預けると、睡魔《すいま》が忍び寄ってきた。

昨日の夜、ディスコのトイレで早紀とまぐわった正道は、部屋に帰ってくるなり奈津実を抱いた。短い睡眠を挟みながら二度、三度と精を放ち、窓の外が白々《しらじら》と明けてきてもまだ、しつこく奈津実の躰を求めつづけた。

「ごめんねセックス」という男の習性だと、板場のにいさんに教えてもらったことがある。たとえ夫婦の営みが疎遠《そえん》になってしまった古女房が相手でも、罪悪感を晴らすため、浮気直後にセックスを求めてしまうのはよくあることらしい。

ただ、正道の場合はもう少し切実《せつじつ》だった。

頭ではなく、全身の細胞が奈津実とのまぐわいを求めていた。

「……すごかった」

トイレでの情事を終えたあと、早紀はボディコンを直しながらつぶやいた。

「あたし、こんなに感じちゃったの初めて。また会えるよね。また会いたい」

恍惚の余韻に瞳を潤ませた早紀はすっかり高慢な態度を引っこめ、甘い猫撫《ねこな》で声を出して腕をからめてきた。

しかし、正道の心は急速に冷めていった。

連絡先を書いたメモをもらったが、渋谷の駅に着く前に丸めて捨てた。

早紀に対する感情は、やはり劣情に過ぎなかったらしい。

出すものを出してしまえば、あとにはなにも残らない。

奈津実に対してのように、愛おしさを覚えない。快感を分かちあってくれた感謝の気持ちが、やさしさに繋がることもない。なにかを確認するかのように、何度でも躰を重ねようと思わない。

（俺って、けっこう冷たいところあるんだな……）

浮気をしてしまった事実と、早紀に対して冷たい態度をとってしまったことと、胸にふたつの棘《とげ》が刺さっていた。それから逃れるように、正道は睡魔に呑みこまれていった。


「ううう っ……」

唸りながら瞼をこすった。

枕元でけたたましく鳴っている目覚まし時計が、午後三時三十分を指している。

アルバイトに行く時間だが、もうその必要はなかった。目覚ましを切って寝るのを忘れていたのだ。

部屋に奈津実の姿はなかった。

躰を起こして、脱ぎちらかしてあったブリーフを穿いた。

流しでうがいをし、じゃぶじゃぶと顔を洗う。

流しの三角コーナーは、奈津実が買ってきた桃やメロンやパイナップルの残骸《ざんがい》が山盛りに捨てられていて、甘ったるい腐臭を放っていた。それと奈津実自身の女の匂い、さらにはお互いがセックスのときに醸《かも》しだす獣じみた淫臭で、部屋の匂いはすっかり様変わりしている。

匂いだけではない。奈津実がこの部屋に居着いてからというもの、室内は乱雑になっていく一方だった。三十歳の人妻だというのに、奈津実はまったく家事をしようとしなかった。それは不可解を通り越しいっそ爽快《そうかい》なほどで、服を脱いだら脱ぎっぱなし、ものを食べたら食べっぱなし、六畳しかない部屋の畳がまったく見えないくらいにまで散らかっても、正道が掃除をするまで奈津実は汚れた部屋の真ん中に座ってにこにこ笑っているばかりだった。

射精後のペニスを舌で掃除しながら「これはわたしなりの、精一杯の愛情表現なんだから」と言った裏には、家事をまったくしないことに対する彼女なりの後ろめたさがあるのだろう。

（しかし……どこに行ったんだ？）

そろそろ銭湯が開く時間なので一番風呂かもしれないと思ったが、奈津実が銭湯に行くときにかならず着ているゆかたが鴨居に吊されたままだった。

スーパーに買い物に行ったのだろうか？　あるいは正道がアルバイトを終える深夜までの時間潰しに、どこか遊びに出かけたのか？　奈津実にはまだ、渋谷の大衆居酒屋を馘になったことを話していなかった。

「まあ、いいや……」

正道は独りごちて、寝乱れた布団の上に躰を投げだした。

待っていれば、そのうち帰ってくるだろう。奈津実にしても、この狭い部屋に一週間以上も籠《こ》もりきりで、少し気晴らしをしたいのかもしれない。

やがて日が暮れた。

夜の闇は刻一刻と深みを増し、正道は苛立《いらだ》ちを紛らわすために凝った夕食をつくってみたりしたが、食欲がなく、ほとんど冷蔵庫につめこむことになった。

午前零時を過ぎても、奈津実は帰ってこなかった。

いったいどうなっているのだろう？

正道がアルバイトに行っているとするなら、帰宅は午前一時近くになる。その時間ぎりぎりまで、帰ってこないつもりだろうか。

いや――。

ずいぶん前からある想念が正道のなかで生まれ、それは時間が経つにつれ、いくら否定しても否定しきれない可能性として、リアリティをもちはじめた。

奈津実は遊びに出かけたのではなく、二度と帰ってこないつもりで、姿を消してしまったのではないだろうか。

背筋に冷たい戦慄《せんりつ》が這いあがっていく。

正道は奈津実の連絡先を知らなかった。

奈津実が二度とこの部屋に戻ってこなければ、彼女を捜しだす手立てはないのだ。

「そ、そんなはず、ないさ……」

不吉な予感を打ち消すために、わざと声に出して言ってみる。

部屋の鴨居には、奈津実が浅草で買い、ことのほか気に入っているゆかたがあった。押し入れには、他の服や下着類も置きっぱなしだ。

だいたい、奈津実が正道に貫かれて歓喜の悲鳴をあげていたのは、ほんの半日前のことではないか。いったいどんな悪女なら、あんなふうに快楽を分かちあった男になにも告げずに姿を消せるのだろう。

（大丈夫だよ……奈津実さんに限って、なにも言わずにいなくなったりなんて……）

不意に、自分がボディコンの早紀にした冷たい仕打ちが蘇ってきた。心のなかで何度も謝り、もう一度会うことがあればきっちり頭をさげようと思った。なにも告げずに連絡を途絶えさせることが、これほどまでに相手を苦しめるとは知らなかった。

午前一時になった。

奈津実は帰ってこなかった。

それどころか電話の一本もかかってこない。

正道は本気で焦りはじめた。

（も、もしかして、事故に遭ったんじゃないか……車に轢《ひ》かれたとか、暴漢に襲われたとか……）

いても立ってもいられなくなり、部屋を飛びだした。

夕方にいったんやんだ雨が、深夜になって再びぱらつきはじめていた。

言問《こととい》通りに出た正道は、自転車で通りがかった警邏《けいら》中の巡査を捕まえた。

「すいません。今日このあたりで事故がなかったですか？　被害者は三十歳くらいの女の人で、名前は奈津実……」

巡査は顔をしかめ、

「なに奈津実さん?」

「名字はわかりません。でも名前は奈津実です……奈落《ならく》の奈に、津波の津に、実行犯の実……」

「ずいぶん物騒な名前だね」

巡査は呆れたように苦笑したが、正道の必死の形相《ぎょうそう》に気圧《けお》されたのだろう、無線で確認してくれた。しかし、当てはまりそうな事故も事件もないらしい。

正道は走った。

ほとんど半狂乱になっていた。

六区に向かい、やくざ映画をオールナイト上映している映画館と、深夜営業のボウリング場やバッティングセンターを見てまわった。よく考えたらそんなところに奈津実がいるわけがないのに、すっかり判断力を失っていたらしい。

降りしきる雨と噴きだした汗で全身ずぶ濡れになって、国際通りに向かった。

浅草の夜は早い。だがそれは雷門を中心にした観光スポットだけで、国際通りから観音裏にかけては、地元の常連客を相手に朝方まで営業している飲み屋がひしめいている。

片っ端から見てまわった。

きりがなかった。国際通り付近だけで、営業中の店が何十軒とあるのだ。怪しげなスナックの扉を開けると、一見してやくざ者とわかる男たちがカラオケを楽しんでおり、無遠慮に扉を開けたせいで、何度となくすごまれた。

（ちくしょう……ちくしょう……）

激しくなった雨に打たれながら、正道は歯ぎしりした。

やはり、言っておくべきだったのだ。昨夜アパートに帰ってきたとき、まず自分の気持ちを伝えるべきだった。一緒に西伊豆に行ってほしいと。夫と別れて一緒に暮らしてほしいと。

言いだせなかったのは、奈津実の人生を背負う自信がなかったからだ。

馬鹿だった。間抜けだった。その言葉を伝えぬまま奈津実に去られてしまったことを、きっと自分は一生後悔するだろう。

ふらふらになって観音裏に戻った。

雨に滲んだ景色のなかに、スナックの看板や赤ちょうちんがぽつんぽつんと灯りをともしていたけれど、気力が途切《とぎ》れそうで、いったんアパートに戻ることにした。

部屋は灯りがついていた。

焦《あせ》って飛びだしたのでつけっぱなしで出てしまったのかと思ったら、扉を開けると奈津実がいた。いつものように、乱雑な部屋の真ん中で背筋を伸ばして座っていた。

「ずいぶん遅いお帰りね?」

悪戯っぽく唇を尖《とが》らせ、頬を膨らませる。

「もう夜中の三時よ。終電なくしてタクシーで帰ってきたの?」

「い、いや、あの……」

正道は呆気《あっけ》にとられながら訊ねた。

「いったいどこに行ってたんですか?」

「わたし? 近所でお酒を飲んでたわ。見番の側にあるバーのママさんと意気投合してね。お店が終わるまで話しこんじゃった」

「帰ってきたのは?」

「ついさっき」

「電話くらいしてくださいよ……俺、心配になって……」

正道が息をはずませながら恨めしげに見つめると、

「雨のなか、わたしのこと捜してくれてたんだ?」

奈津実は口許をほころばせた。ピンチハンガーに干してあったタオルを取り、びしょ濡れの髪を拭ってくれた。

「ふふっ、本当はね、ちょっとあなたを心配させてやろうと思ったの。わたしが帰ってこなくて、どれだけ焦った顔してるのかなあって楽しみにしてたのに、部屋が空っぽでがっかりしたんだから」

正道はへなへなとその場にへたりこんだ。

「ほらあ、ちゃんと拭かないと風邪ひいちゃうよ」

奈津実がタオルを渡してくれたけれど、髪や躰を拭く前に、正道にはしなければならないことがあった。

「話があるんです」

膝を揃えて正座した。

「なあに？　あらたまって」

「実はその……渋谷でのバイト、馘になっちゃいまして……だから今日は行かなかったんです」

「そうだったの……」

奈津実はふうっと大きく溜め息をついた。

「ごめんなさい。わたしのせいね」

「いえ、そんな……」

正道は首を横に振り、

「自分の意志でサボったんですから、奈津実さんのせいじゃありません」

「でも……」

「もう言わないでください。渋谷は遊び呆《ほう》けている学生ばっかりでうんざりしてたから、ちょうどよかった……」

「じゃあ、この近所で仕事を探すの？　浅草で」

「それが……実は昨日、前に働いていた店の人が会いにきてくれまして……」

正道は慎重に言葉を選びながら、話をした。自分がかつて神田の名門料亭で板前修業していたこと。つらくて逃げだしてしまったが、そのことを後悔していること。そして、そのおやっさんの計らいでもう一度修業するチャンスに恵まれそうなのだが、それには東京を離れ、西伊豆に行かなければならないこと。

「……西伊豆」

それまで俯《うつむ》いて話を聞いていた奈津実が、不意に顔を上げた。険しく眉をひそめて、声を絞った。

「ずいぶん遠いところね。行くつもり？」

「……はい」

「わたしは？」

「できれば……」

正道は息を呑み、奈津実の顔をまっすぐに見つめた。濡れた髪から落ちた滴が、首筋に冷たく流れていく。

「できれば、一緒に来てほしいです」

奈津実も息を呑み、切れ長の眼を真ん丸にする。

次の瞬間、その眼がじわりと潤《うる》み、大粒の涙が頬を伝った。

「……嬉しい」

嚙みしめるように言い、小さな肩を震わせた。端整な顔をくしゃくしゃにして、濡れた服もかわまず正道の胸に飛びこんできた。

「正道くんがそこまでわたしのこと考えてくれてたなんて……嬉しい……ひとりで東京に置いてかれたら、わたしどうしていいかわからなかった……」

「奈津実さん」

正道は奈津実を抱きしめた。

心臓が怖いくらいに高鳴っていた。

とはいえ、幸福感だけを感じていたわけではない。それよりも、ついに言ってしまった、という気持ちのほうがずっと強かった。

これでもう、後戻りはできない。結婚という言葉にリアリティは感じられないが、どんな形にせよ、これからこの女の人生を一生背負っていくことになるのだ。

2

翌日も一日中雨だった。

夕方、正道と奈津実は世田谷に向かうタクシーに乗っていた。

奈津実が「家に荷物を取りにいくから付き合ってほしい」と言いだしたからで、正道はそんなに急ぐことはない、西伊豆に行くにしても今日明日ということはないのだからと諭したのだが、奈津実は「善は急げよ」と譲《ゆず》らなかった。「どうせ近いうちに取りに帰ろうと思ってたところだったし」

二カ月ほど渋谷の居酒屋でアルバイトをしていたとはいえ、正道は西東京には不慣れだった。三年前に上京してから住んでいるのはずっと浅草だし、高校は東日本橋、そして修業に出た料亭は神田と、東東京を中心に生活してきたからである。

だが、奈津実が運転手に告げた成城《せいじょう》という地名は、そんな正道でも知っていた。

「奈津実さんの家ってどんなところなんですか?」

タクシーに揺られながら訊《たず》ねると、

「普通よ。普通のマンション」

奈津実はつまらなそうに答えた。

「でも成城って高級住宅街なんでしょ？」

「べつに……イメージはいいみたいだけど、つまらないところ」

奈津実は顔をそむけ、雨粒の浮かんだ窓を眺めた。奈津実は自分について質問されると、常にそんな態度を見せる。質問自体をいやがっているような感じなので、正道はいつもそこで言葉を呑みこんでしまう。

しかし、今日は質問をやめるわけにはいかなかった。なにしろ、これから本格的に一緒に暮らそうという決意をし、了解を得られたばかりなのだ。幸いなことに、浅草から成城までは長い道のりになりそうだったので、時間もある。これから一緒に住もうという女について、生い立ちもろくに知らないのでは情けない。

「奈津実さんが生まれ育ったのも、成城の近くなんですか？」

「近いって言えば近いけど……世田谷区のはずれ。多摩川が流れてるの」

「学校もその側《そば》？」

「小学校はね。中学からは私立の女子校に通わされたけど」

「奈津実さんの家ってなにやってるんですか？　たしか会社を経営してるって……」

「なあに？」

奈津実は窓に向けていた顔を正道に向け、苦笑した。

「どうして急に、そんな訊問《じんもん》みたいなこと始めるわけ？」

「いや、その……」

正道も苦笑した。

「俺って奈津実さんのこと、なんにも知らないから……やっぱりいろいろ知っておきたいじゃないですか」

「……知ってるじゃない」

奈津実が身を寄せてきて、ぎゅっと手を握ってくる。

「あなたはわたしのこと、なんでも知ってる。正道くんよりわたしのことよく知ってる人、他にいないわよ」

正道の手は自分の太腿の上に置かれていて、奈津実は手を握りしめるふりをして股間に触れてきた。ジーパンの硬い生地越しに、さわり、さわり、と指を這わせた。

正道は顔をひきつらせて咳払《せきばら》いをした。

急に身を寄せあった後部座席のカップルを、運転手がバックミラー越しに眺めている。

股間までは見えないだろうが、ふたりの顔色をうかがっている。

自分たちはいったい、どんな関係に見えるのだろう。

奈津実は浅草で買った水色のワンピースを着ていた。スカートが妙に長く、襟《えり》も無駄に大きな、いささか野暮《やぼ》ったいデザインのワンピースだった。しかしその野暮ったさが逆に、奈津実の洗練された美貌《びぼう》と、艶めかしい色香を際立てた。

正道はどう見ても奈津実よりかなり年下で、着ているものも安物のTシャツにジーパンだったけれど、奈津実の放つ女の匂いのせいで、姉弟には見られないだろうと思った。姉が弟に、しなをつくって身を寄せたり、潤んだ瞳で見つめたりするはずがない。

「あ、あのう……」

正道は股間に置かれた奈津実の手を剝《は》がした。これ以上触られていると、勃起してしまいそうだった。

「あと、ひとつだけ気になることがあるんですけど」

「なあに?」

「こんな時間に帰って、ダンナさんと鉢合《はちあ》わせにならないんですか?」

時刻は午後六時過ぎで、外はまだかろうじて明るさを保っている。しかし、これから東京の反対側に移動し、荷物をまとめているうちに夜になるだろう。なにしろ相手は、妻に暴力を振るうような男である。なにをされるかわかったものではない。

「あの人がこんな時間に帰ってくるわけないじゃない」

奈津実は苦々しく唇を歪めた。

「毎晩飲み歩いて午前様よ。妻は家出中だしね。昨日電話したときも……」

「えっ？」

正道は驚いて聞き返した。

「電話したんですか？」

「あ……うん……」

奈津実はバツ悪げに眼をそらした。

「さすがにまったく連絡しなくちゃ、警察に通報されちゃうかもしれないからね。何度か電話したことがあるわ。留守番電話に『心配しないで』って入れただけだけど。昨日は正道くんが帰ってくるちょっと前、夜の十二時近くに電話したのに出なかった……」

「そうですか……」

正道は息を呑んで押し黙った。隠れて夫に連絡していたという事実が、胸をざわめかせる。しかし、奈津実の言うことはもっともだ。連絡なしで一週間も家出していては、警察に捜索願を出されてもおかしくはない。そう懸命に自分に言い聞かせ、胸のざわめきをやり過ごした。

奈津実の家は住宅街のなかにある低層マンションだった。緑の目立つ広い敷地の奥に、モダンな造りの三階建ての建物が悠然《ゆうぜん》と建っていた。コンクリート打ちっぱなしの外壁がライトアップされ、生活感などまったく漂ってこない美術館のような雰囲気である。

思わず溜め息が出てしまう。玄関はもちろんオートロックで、常駐の管理人もいる。ベニヤ製のドア一枚で外界と隔てられている正道の六畳ひと間とは大違いだ。

部屋に入る前、奈津実が鍵を開けている間、正道はインターフォンの上にある「藤代達夫《ふじしろたつお》・奈津実」という金属製の表札プレートを見た。奈津実の名字が藤代ということを、このとき初めて知った。

部屋のなかは、外観から予想した以上に豪奢《ごうしや》だった。

大理石敷きの玄関も、絵画が飾られた長い廊下も、天井の高い、ゆうに二十畳はありそうなリビングも、そこに並んだ外国製とおぼしき家具やソファやテーブルも、まるでショールームかトレンディドラマのセットである。

「どうぞ……」

通されたソファは見たこともないようなカラフルなペイズリーの模様で、腰をおろすとふかふかのクッションが背中と尻に吸いついてきた。

「お茶も出さないで悪いけど、先に荷物をまとめちゃうわね」

奈津実は言い残し、廊下に出ていった。気配を殺して追いかけていくと、廊下にある小部屋のドアが開かれていた。寝室かなにかかと思ったらそうではなく、服を置くためだけに丸々ひと部屋使っているのだ。そのウォークイン・クローゼットだけで、正道の部屋ほどもありそうだった。これほどのマンションを購入するためには、時給八百円で何万時間働けばいいのだろうか。

(まいったな……)

正道はリビングに戻って天を仰いだ。天井についている照明は、蛍光灯ではなくシャンデリアだ。もはや溜め息も出てこない。

西伊豆に一緒に来てほしいと言ったとき、奈津実は端整な顔をくしゃくしゃにして「嬉しい……」と言ってくれた。しかしいったい、これほど豊かな生活を捨てて板前修業を一から始めようという二十歳の男と都落ちする生活に、奈津実はどんな希望をもっているというのだろうか。

広いリビングを歩きまわった。

背の低いチェストの上に一輪挿《ざ》しの花瓶《かびん》が置かれ、家を守る人間の不在を示すように差された花が枯れていた。その隣に、額《がく》に入った写真が飾られている。

結婚式の写真だった。

七年前に結婚したと言っていたので、二十三歳くらいか。純白のウエディングドレスを着た若き奈津実は、美しいというより、可憐《かれん》という言葉がよく似合った。ブーケを手にして、春の陽射しのような穏やかな笑顔を浮かべていた。男にすべてを委《ゆだ》ねきっている女が見せる、幸福そのものの笑顔である。

親に強制された望まない結婚と聞かされていたから、その笑顔にも胸を締めつけられたけれど、それ以上に衝撃的だったのは肩を並べている新郎の容姿だった。

ひどく老《ふ》けていた。白いタキシードを着ていなければ、父親ではないかと思ったかもしれない。

七年前の写真にもかかわらず、その時点で頭は禿《は》げあがって額《ひたい》がずいぶん上にあり、かといって男性ホルモン旺盛なタイプではなく、ひょうたんのような貧相な顔には、些末《さまつ》な事務仕事を何十年と続けてきた木《こ》っ端《ぱ》役人のような無表情がへばりついていた。背丈も奈津実と同じくらいで、つまり男としてはかなり低く、躰つきも貧弱だ。この男が夜な夜な飲み歩いて女遊びに狂ったり、友達との旅行で家を空けた妻に激怒して自宅に監禁するようなことを、本当にしたのだろうか。

しばらくの間、正道はその写真の前から動けなかった。

さすがに高級マンションらしく、窓に雨粒が浮かんでいるが音はまったく聞こえない。痛いくらいの静寂が、躰中の神経を尖《とが》らせる。気持ちがささくれ立っていく。

嫉妬ではなかった。

いや、おそらく嫉妬もあるのだろう。嫉妬をも含んだ、得体の知れない複雑な感情が、激しく胸を締めつけてくる。いままで曖昧《あいまい》にしか描けなかった夫の人物像が、容姿を見てますます曖昧になった。よかったじゃないか、こんな男なら奈津実さんが逃げだしたくなって当然だ。そういうふうに思おうとしても、思えない。いくら親の意向とはいえ、なぜこんな男と結婚したのだろう。どうしてこんな男と七年間も同じ屋根の下で暮らしてこれたのだろう。

金か？

贅《ぜい》を尽《つ》くした豊かな暮らしで、女を縛りつけておいたのか。

「……やだ」

いつの間にか後ろに立っていた奈津実が、あわててチェストの上の写真を伏せた。

「人のもの、勝手に見ないで」

「いや、その……ごめんなさい」

正道はこわばった顔を隠すように、頭をさげた。苦笑して誤魔化そうとしたのだが、頬がひきつってうまく笑えなかったのだ。

奈津実は浅草で買った水色のワンピースから、シックな黒い麻《あさ》のワンピースに着替えていた。そんな姿で豪奢なリビングに立っていると、山の手で優雅な暮らしを満喫《まんきつ》している若妻そのものである。

「用意、できたわよ」

廊下に置いてあるスーツケースを見やる。

「……それだけでいいんですか？」

スーツケースは旅行用の大きなものだが、部屋を埋めるほどのワードローブをひとつでは仕舞いこめないだろう。それにこれだけの家だ。服以外にも運びだしたいものがあるだろう。

「いいのよ。気に入った服だけ持っていければそれで。この家にあるものに、未練なんてないから」

「……じゃあ、行きますか」

用が済んだのなら、一刻も早くここから立ち去りたかった。万が一にも夫と鉢合わせすることだけは避けなければならないし、ここにいる時間が長引けば長引くほど、言い様のない不安が高まっていきそうだ。

3

「あ、あの……帰るんじゃないですか……」

リビングを出ると玄関とは反対の方向に背中を押されたので、正道はあわてた。

「その前に、やり残したことを思いだしたの」

奈津実は「うんしょ、うんしょ」と子供じみたかけ声をかけて背中を押し、正道をどんどん廊下の奥へとうながしていく。

突き当たりの扉の奥は、寝室だった。

落ち着いた木目調の壁に囲まれた空間に、黒いベッドカヴァーが掛けられたキングサイズのベッドだけが鎮座《ちんざ》している。他の家具といえば、枕元のナイトテーブルくらいのもので、ここもやはりショールームのように生活感がなかった。

奈津実がベッドカヴァーをめくると、シーツはつやつやと光沢のある白いシルク製だった。シルク製のシーツなんて、正道は初めて見た。

「あの人……ひとりじゃこっちのベッド使ってないみたいね……」

奈津実はベッドに腰かけ、シーツを撫《な》でながら独りごちるようにつぶやいた。

「書斎にもベッドがあるから、そっちで寝てるのよ、きっと」

だが、奈津実がこの家にいたときは、ここで一緒に寝ていたのだろう。あの、頭の禿げあがった貧相な男と抱きあいながら、たとえ奈津実は望んでいなくとも、夫婦生活を営んでいたのだろう。この部屋の壁も天井も、それを照らしているオレンジ色の間接照明も、あの男に股間を貫かれて女の悲鳴をあげている奈津実を目撃しているに違いない。

正道は胃袋から酸《す》っぱいものがこみあげてくるのを感じ、手で口を押さえた。

「ねえ、正道くん……」

奈津実がベッドを軋《きし》ませながらつぶやく。

「抱いてよ……」

「えっ……」

「ここで抱いて……わたしを……」

「こ、ここで……」

正道は上ずりきった声を返した。奈津実はいったいなにを考えているのだろう。ここは夫婦の閨房《けいぼう》である。いくら人妻を好きになってしまったとはいえ、そんなところで情事を行うのには生理的な嫌悪を覚える。

「い、いやですよ。用が済んだんなら帰りましょうよ……浅草に……僕の部屋に……」

「いやなんだ……」

奈津実は長い溜め息をつくように言った。

正道が言葉を返せないまままだ呆然と立ちすくんでいると、

「わたしね……」

奈津実はスリッパを脱ぎ、ナチュラルカラーのストッキングに包まれた爪先を見つめながら、問わず語りで話しはじめた。

「子供のころからお嫁さんになるのが夢だったの。親にもそういうふうに育てられたしね。清く正しいお嫁さんのいちばんの条件ってわかる？　従順なことよ。だからわたし、子供のころから誰かに逆らったこととかない。親にも先生にも先輩にも、同い年の友達の言うことまでなんでも素直に聞いてたくらい……」

子供のように尻を跳ねさせ、ぎしぎしとベッドを軋ませる。

「だから結婚してからは……相手は不本意だったわけだけど、それでも完璧なお嫁さんになろうと思った。わたしはよく頑張《がんば》ったと思う。端《はた》から見ればきっと、完璧なお嫁さんだったと思う。でも頑張れば頑張るほど、眼の前の景色は灰色になっていった。毎日砂を噛んでるみたいに虚しかった。そんなとき、正道くんと会って生まれて初めて自分の殻《から》を破ったの。完璧に演じていた自分のお嫁さん像を壊してやったの。あなたのせいだって言いたいんじゃないのよ。ただ……壊すのって気持ちいいなって」

ナイロンが二重になったストッキングの爪先を見ながら話を続ける奈津実からは、むせかえるほどの色香が匂った。危うくて、儚《はかな》げで、けれども凶暴な色香だった。長い黒髪をかきあげると、ねっとりと濃密なフェロモンがベッドのまわりに四散《しさん》した。

「愛情表現、させてあげましょうか？」

奈津実は不意に立ちあがり、黒いワンピースの裾をたくしあげた。パンティストッキングをくるくると丸めて脚から抜いた。

ベッドにあがって横座りになった。

上目遣いの、ぞっとするような婀娜《あだ》っぽい眼つきで正道を見つめながら、ワンピースの裾をじわじわとまくっていく。

上品な光沢を放つ純白のシルクの上に置かれてなお、奈津実の二本の脚は白かった。シルクにも負けない、艶めかしい質感があった。

（な、奈津実さん……なにを……）

正道の心臓は激しい鼓動を刻み、息が苦しくなっていく。奈津実の動きをとめ、早くこの家から出ていきたいと思っても、言葉は喉元につまり、躰は金縛りにあったように動かない。

黒いワンピースの裾から、むっちりした太腿が露わになる。

奈津実は裾で股間のところを隠したまま、ゆっくりと両脚をMの字にひろげた。

裾を完全にまくりあげた。

黒いシルクのパンティが、正道の眼を射つ。

(う、うわあっ……)

こんもりと盛りあがった恥丘をつやつやした黒いシルクが包みこみ、高貴な光沢を放っている。白いシルクのシーツとの妖しいコントラストが、興奮の身震いを誘う。

羞《は》じらい深い奈津実が、みずからそんな恥ずかしいポーズで挑発してきたことなど、いままでになかった。

まるでなにかに酔っているようだった。「壊すのって気持ちいいな」という先ほどの台詞が、正道の耳に蘇ってくる。

「……ほら」

奈津実が震える声をもらす。利き腕の左手を、黒いパンティに伸ばしていく。こんもりとふくらんだ恥丘の上を、長い中指が尺取り虫のように這いまわる。

「見せてあげる」

声が震えているのは、羞じらいのせいか、それとも興奮のせいだろうか。

正道が息を呑むと、次の瞬間、奈津実はパンティのフロント部分に指をかけ、シルクの生地を剝がした。

シルクよりもなお艶がある無数の繊毛が姿を現わし、くにゃくにゃによじれたアーモンドピンクの花びらが剝きだしになった。

「ああっ……」

正道は思わず声をもらした。

なんという鮮烈な色合いだろう。

色そのものはくすんでいるのに、どこまでも生々しく、眼に染みこむようなアーモンドピンクだ。白と黒とで構成されていた視界に現われた、淫らな生き物。そう、それはまるで、奈津実という人格から独立した、別の生物に見えた。

「わたし……夫にだって……こんなふうに……見せたことないんだから……」

奈津実は眼の下をねっとりと紅潮させた顔であえぐように言い、羞じらいに身をよじりながら、アーモンドピンクの花びらに指を添えた。

人差し指と中指だ。

それをぐっとひろげると、逆Vサインを描いた二本の指の間から、花びらよりさらに鮮烈な色のカクテルが現われた。

花びらの内側の朱色、粘膜の薄桃色、それが蕾《つぼみ》のように渦巻く奥に向かって、半透明のパールピンク色になっていく。

(な、なんて……なんて綺麗なんだ……)

正道は息を呑み、眼を見開いた。三十歳の人妻にしては、清らかすぎる色合いだった。そして、清らかなのに、どこまでも淫らだ。パールピンクの粘膜の渦はねっとりと発情のエキスをたたえ、内側の小さな唇の間で呼吸をするようにひくひくと蠢《うごめ》いている。

正道は奈津実に近づいていった。

まるで操り人形にでもなってしまったかのようだった。奈津実が見せつけてくる女の花に操られ、ここが夫婦の閨房であることを忘れてしまう。いままで感じていた生理的嫌悪よりも、クンニリングスへの欲望が高まっていく。

ベッドに膝をつき、M字に開かれた両脚の間に顔を近づけた。

「な、奈津実さん……」

上ずる声を出すと、それとともに吐きだされた吐息が薄桃色の粘膜にぶつかり、獣《けだもの》じみた淫臭を含んで戻ってきた。牡《おす》の本能を揺さぶりたてる、発情した牝《めす》の匂いだ。

「い、いいんですか？」

「わたしから誘ってるのよ」

奈津実も上ずった声でささやき、眼を泳がせる。みずから誘いながらも、生来の羞じらい深さを隠しきれない。

「……ほら」

奈津実が逆Vサインにした二本の指をさらに大きくひろげると、花びらの間から透明な粘液がねっとりとしたたった。

正道は舌を伸ばした。

奈津実の細長い指によって剝きだしにされた粘膜を舐めあげると、ぬるぬるした粘膜の感触が舌腹を震わせ、むっとする発情臭が鼻の奥にひろがった。

「あああっ……」

奈津実がのけぞり、白い太腿を震わせる。

正道はその太腿を押さえつけ、さらに粘膜に舌を這わせた。ねろり、ねろり、とようやく味わうことができたその感触を、嚙みしめるように舐めまわしていく。

「あああっ……くぅううっ……」

奈津実が身をよじる。けれども、女の割れ目をひろげている指は、股間からけっして離さない。もっと激しい愛撫をねだるように、限界まで二本指をひろげていく。

「むうっ……むううっ……」

正道は荒ぶる鼻息で恥毛を揺るがせながら、薄桃色の肉層の奥へと舌を突き立て、ぐにぐにと蠢かせた。熱く新鮮な粘液がじわっと舌腹でひろがり、

「うっくぅうううーっ！」

奈津実は白い喉を突きだして悶絶する。

激しく身をよじったので、逆Ｖサインの指が次第にずりあがっていった。毛の生えた恥丘の皮膚ごと引っ張るような格好になり、みずからの指先でクリトリスの包皮を完全に剝ききってしまう。

（な、なんてクリトリスだ……）

正道は眼を奪われた。

奈津実の躰のいちばん敏感な部分は、小さいけれど真ん丸で、まるで真珠のようにつやつやと輝いていた。そのくせ、内側からはちきれんばかりにふくらんで、ぷるぷると小刻みに身震いしている様は、眩暈《めまい》を誘うほどいやらしい。

（こ、こんな宝石みたいなクリトリス、見たことないぞ……）

正道は背筋を震わせながら、まずは舌先を使ってまわりをくるくると刺激した。

ねちり、ねちり、と舐め転がした。

「あああっ……あううっ……」

奈津実があえぐ。

唇を押しつけ、じゅるるっと吸いたてると、

「あっ、あぁううううううううーっ！」

切羽つまった甲高《かんだか》い悲鳴が、生活感のないショールームのような寝室に響き渡った。

4

正道はいつの間にか、奈津実を全裸に剝いていた。

シックな黒いワンピースも、シルクの光沢が妖しい黒いランジェリーも、乱暴に引き剝がしたベッドカヴァーとともにフローリングの床に投げ捨ててある。

正道もまた全裸になり、脱ぎ散らかした服を、奈津実の服の上に放り投げた。

夢中だった。

口のまわりはすでに奈津実が漏らした粘液でべとべとに濡れていたけれど、それを拭うことすら意識にない。

「ああっ、いやっ！」

奈津実が声をあげる。

勃起しきった肉茎も露わに、あらためて組みついた正道が、奈津実の躰をでんぐり返しをするように引っ繰り返したからだった。

奈津実の躰は柔らかい。首を折り曲げて逆立ちさせ、くの字に曲がった両脚を翼のようにひろげても、骨や筋肉が軋むことはない。

「恥ずかしいっ！　恥ずかしいわ、正道くんっ！」

奈津実は宙に浮いた両脚をじたばたと泳がせ、痛切な声で訴えてきたが、正道は聞く耳をもたなかった。

女の割れ目を杯《さかずき》のように天井に向け、性器どころか排泄器官まで露わになった、いわゆる「まんぐり返し」の格好は、なるほど女にとっては泣きたくなるほど恥ずかしいものだろう。愛しあう男にすら、いや、愛しあう男であればこそ、けっして見せたくないに違いない。

しかし正道は、だからこそ奈津実をそんな格好にしたのだった。

いままで何度となく躰を重ね、快楽を分かちあいながらも、けっして許してくれなかった愛撫を許してもらった興奮のせいもあった。

だがそれ以上に、ここが奈津実夫婦の閨房であるという理由が大きかった。

奈津実がこの場所で情事を誘ってきたのは、夫との結婚生活を清算したかったからに違いない。神聖な夫婦の閨房でどこまでも淫らにまぐわうことによって、気持ちにけじめをつけたいからに決まっている。

ならばその気持ちに応えてやりたかった。正道にしても、躰に触れているシルクのシーツの艶めかしい感触に嫉妬心を煽《あお》られ、欲望が尖っていた。この贅沢なシーツの上で、奈津実は夫に何度となく抱かれたのだ。やさしさではなく辱《はずかし》めこそが、お互いにとって、この場所での情事に必要なことだった。

「すごい……丸見えですよ……奈津実さんの恥ずかしいところ、全部見えてる……」

正道はわざと意地悪な口調で言うと、ふうっと割れ目に息を吹きかけた。すでにたっぷりと舌の刺激を受けた花びらは左右にぽっくりと口を開き、淫らなほどぬめった薄桃色の粘膜を露わにしている。

「ああっ……あああっ……」

粘膜に吐息を感じた奈津実はきりきりと眉根を寄せて、恥辱に染まった声をもらす。だが躰は刺激を求めている。薄桃色の粘膜がひくひくと震えるだけでなく、その下にあるセピア色のすぼまりまで呼吸をするように閉じたり開いたりしている。

（ここを舐めたら、どうなっちゃうんだろうな……）

正道は鼓動を乱しながら、羞じらい深い人妻の不浄の排泄器官に舌を伸ばした。まずは割れ目から流れこんだ発情のエキスを舌腹で拭いとり、それから舌先を尖らせて細かい皺をなぞりたてていく。

「ひっ……いやっ！　いやよ、そんなところっ……」

奈津実が衝撃に声を引っ繰り返す。ただでさえ頭を下に躰を丸めこまれ、血液が逆流しているので、みるみる顔を真っ赤にしていく。

「やっ、やめえてっ！　舐めないでっ！　そんなところ、舐めないでえええっ……」

悲鳴をあげても、身をよじらせても、正道はすぼまりに舌を這わすことをやめはしなかった。

皺を一本一本引き伸ばすようにねちっこく舌を使い、そうしつつ、指先で女の割れ目をいじりたてていく。ぬかるみきった粘膜の上でひらひらと指を泳がせ、すっかり包皮を剝ききって尖っているクリトリスをつまみあげる。

「いやああっ……やめてえっ……やめてえええっ……」

情けなく引っ繰り返り、恥辱に歪んだ奈津実の悲鳴こそ、この部屋での情事にふさわしいと、正道は思った。いやだと言われるほどに、すぼまりを舐める舌先に力がこもる。やめてと叫ばれるほどに、割れ目をいじる指先の動きがいやらしくなっていく。

しかし、その声はやがて、ただ排泄器官を舐められるおぞましさだけに彩られたものではなく、喜悦の色彩と微妙に混じりあっていった。排泄器官とはいえ、アナルと性器はどこか通じあい、同時に責めればおぞましささえ快感に変貌させていくのか。あるいは羞じらい深い態度とは裏腹に、奈津実の躰がどこまでも快楽に貪欲なのか。

「あううっ……いやあっ……あうううっ……」

アナルに舌をねじりこむと、舌がぴりぴりと痺れた。汚いなどとはみじんも思わなかった。むしろ興奮した。羞じらい深い人妻のアナルに舌を差しこんでいることに、全身の血が沸騰するほどの欲情を覚えた。

「くっ、くぅううううーっ！」

アナルを舌でほじられる刺激に耐えかねた奈津実が、宙にひろげられた両脚を正道の首に巻きつけ、顔をぐいぐいと挟んでくる。

それでも正道はアナルを舐めることをやめなかった。

アナルだけではなく、女の割れ目も、そのふたつを繋げる会陰部《えいんぶ》も、むちゃくちゃに舐めまわした。むっちりした太腿でしたたかに顔を締めあげられながら、花びらを口に含んでしゃぶりまわし、淫らに尖った真珠肉を吸いたてた。

「くぅううっ……くぅうううっ……」

奈津実がもがく。まんぐり返しの体勢が崩れる。奈津実は正道の首に巻きつけていた両脚をとき、必死になって躰を反転させ、俯《うつぶ》せの状態になった。正道は真っ赤な顔で追いかけた。俯せの女体を横に向け、再び濡れた両腿の間に鼻面を突っこんでいく。

「ず、ずるいわよ、正道くん……自分ばっかり……」

逆さに押さえこまれた体勢から解放されたことで、奈津実は上半身の自由を得ていた。いままではみじめにもがくしかなかった両手を、正道の腰に伸ばしてきた。汗ばかりを握っていた手のひらが、勃起しきった肉茎を包みこんでくる。

「ううう……」

正道は一瞬、クンニリングスを中断して、ぎゅっと眼をつぶった。刺激に飢えていた分身が大量のカウパーを吐きだしたのが、はっきりとわかった。

ふたりの躰の位置は、横向きのシックスナインの体勢になっていた。

奈津実が根元をしごきながら、亀頭を舐めまわしてくる。

長時間のクンニリングスで追いつめられ、恥ずかしい格好でアナルまで舌でほじられたあとなのに、奈津実の舌使いはどこまでもエレガントだった。気が遠くなるようなねっとりした動きで、カリのくびれを舐めたてられる。

（た、たまらないよ、奈津実さん……）

正道は股間の刺激に悶《もだ》えながら、それでも必死に舌を動かした。今度は強引にではなく、ゆっくり、ねちっこく責めた。舐めて舐められる相互愛撫は、どちらか片方よりもずっと深い快感を与えてくれた。

ぴちゃぴちゃ、くちゃくちゃ、という淫らな音が部屋を支配し、荒ぶるお互いの鼻息がそれに妖しい彩りを与える。お互い夢中で口を使っているから、時折鼻奥からくぐもった声をもらす以外、水中にいるような静けさが訪れる。

熱気だけが高まっていく。

奈津実の割れ目からしとどに漏れた粘液は、アナルのすぼまりはおろか、内腿も草むらも正道の双頬までねとねとに濡らしていた。割れ目に指を入れて掻きまわせば、獣の匂いのする汁が飛び散る。白いシルクのシーツに、飛沫の跡が残る。もっと汚してやると、正道は肉層のなかで指を折り曲げ、粘液を掻きだした。糸を引く発情のエキスを、夫婦のシーツにわざとこぼしてやった。

「うんぐっ……ぅんぐぐっ……」

奈津実が鼻奥で悶える。悶えながらも首を動かし、口唇に咥えこんだ肉茎をしたたかにしゃぶりあげてくる。しゃぶりあげながら奈津実が漏らす唾液で、正道の陰毛は湯でも浴びたようにぐっしょりの状態だ。

「んあああっ……もう我慢できないっ……」

奈津実が肉茎を吐きだし、声をあげる。

「もうちょうだいっ……正道くん、ねえっ……」

根元をしごきながら、せつなげな顔つきで見つめてくる。眼の縁が赤く染まった表情から、限界まで高まった発情の香りが漂ってくる。

正道のほうも、もう限界だった。

女陰から口を離し、上体を起こして、奈津実の両脚の間に腰を滑りこませた。

熱く濡れた女の園に、勃起しきった分身をあてがった。

いつもの奈津実であれば、結合部分を見られることを嫌って正道を抱き寄せてくるはずなのに、今日はただ呆然とした表情で見上げてくるばかりである。

正道は奈津実の両脚をしっかりとM字に割りひろげ、そのあられもない格好を血走るまなこで凝視した。

すさまじい興奮に駆られながら、ぐっと腰を前に送りだした。

奥まで煮えたぎった肉ひだを掻き分けるように貫いていくと、

「あっ、あぁうううううう－っ！」

奈津実は背中を弓なりに反り返し、長い黒髪を振り乱して、右に左に首を振った。

正道は小刻みに腰を動かし、おのが男根が女の割れ目を出入りする光景に、視線を釘づけにされている。

アーモンドピンクの花びらを巻きこんで、みなぎる肉竿が割れ目に沈んでは、花びらをめくり返しながら出てくる。潤みきった女の肉ひだは男根が沈むたびにぬらぬらした蜜の光沢をまとわせ、出し入れをスムーズにする。

（な、なんていやらしい眺めだ……）

正道は興奮に激しく身震いしながら、ごくりと生唾を呑みこんだ。

軋みをあげるほど野太く膨張した男根が、奈津実のなかに打ちこまれていく様もいやらしいが、それと同時に、せつなげに眉根を寄せた美貌を拝めるのだからたまらない。

分身を半分挿入した状態で、執拗《しつよう》に出し入れした。

潤みきった肉ひだの壺が、ぐちゅっ、ずちゅっ、と淫らな肉ずれ音をたてるほどに、しつこく腰を動かした。

「ああっ、もっとっ……」

焦《じ》れた奈津実が、涎《よだれ》に濡れた紅唇を震わせる。

「もっと、ちょうだいっ……もっと、奥までっ……」

正道はうなずくと、奈津実の左右の足首をつかんで高々と掲げた。M字に開いていた両脚をV字に直し、その中心をしたたかに突きあげた。

「はっ、はぁうううううーっ！」

子宮に痛烈な衝撃を受け、奈津実の背中がしたたかに反り返っていく。骨の軋む音まで聞こえてきそうな鋭角に反り返し、汗ばんだ胸のふくらみをはずませる。

「むうっ……」

分身を包みこんでいる肉ひだの壺が一瞬ぎゅっと収縮し、正道は唸った。

腹筋を固め、勃起に力をこめた。

開ききった肉笠でひだを逆撫でながら、分身を引き抜く。

もう一度突きあげる。

奈津実の両脚をVの字に高く掲げたまま、抽送を開始する。

「はぁああっ……はぁあああっ……はぁああああっ……」

奈津実は肢体をくねらせて悶《もだ》え泣いた。

いつになく激しい悶え方だった。

両手を所在なく振りあげ、打ち下ろし、シルクのシーツを握りしめる。

いつもならしがみつく正道の躰が、そこにないからだろう。端整な美貌を歪めに歪め、あられもないよがり声をあげながら、股間を深々と貫かれている発情した牝の姿に、正道の鼻息は荒々しくなっていくばかりだ。

「むうっ……むううっ……むうううっ……」

素早く腰を回転させ、斜め上に向けてえぐりこむように分身を突きあげる。

肉層が幾重にも重なりあっている奈津実のなかの、もっとも狭くなっている部分に向けて、畳みかけるような連打を放っていく。

「ああっ、いやっ！　いやっ、いやっ、いやあああっ……」

奈津実はちぎれんばかりに首を振り、長い黒髪を振り乱したが、それでも足りないとばかりに両手で髪をめちゃくちゃに掻き毟《むし》った。ずんっ、ずんっ、ずんっ、ずんっ、と子宮底が突きあげられるたび、映画のなかで機関銃の乱射を受けたヒロインのように舞い乱れる。真っ赤な鮮血の代わりにしたたるような色香を散らし、股間を深くえぐられる衝撃によがり狂う。

「なっ、奈津実さんっ……」

正道はその妖艶な姿に導かれるように足首から手を離し、胸もとに伸ばした。噴きだした汗でぬるぬるになったふたつの胸のふくらみを、十指を使って揉みくちゃにした。

「ああっ、いいっ！　正道くん、いいっ！」

奈津実はＶ字開脚から解放された両脚を正道の腰に巻きつけ、みずからも腰を使いだした。

いやらしく上下に振りたてた。

お互いに、性器と性器をぐりぐりとこすりつけあった。

早急なスピードで、クライマックスが近づいてくる。

奈津実が感極まった表情でシーツに手をつき、上体を起こす。正道の腕をつかんでしがみつき、躰ごと預けてくる。

「ま、正道くんっ……」

正道はあぐらをかき、対面座位の体勢で奈津実を受けとめた。

「ああっ……あああっ……」

奈津実は悩ましくあえぎながら正道の首に両手をまわすと、たぷんっ、たぷんっ、と胸のふくらみを波打たせながら、すかさず腰を使いはじめた。

正道は両手で奈津実の尻の双丘をつかみ、奈津実の腰を動かすリズムに合わせて、引き寄せた。

密着しきった性器と性器の摩擦感に、全身の血液が沸騰していく。

奈津実の腰振りのピッチがあがる。

尻の双丘を引き寄せることがもどかしくなり、背中に手をまわして抱擁した。ベッドのスプリングを使って、下からしたたかに突きあげた。

「はぅううぅっ……いっ、いくっ！　わたし、いっちゃううぅーっ！」

奈津実は絶叫し、総身をぐっとのけぞらせた。そうしつつ、むさぼるように腰を使い、両脚の間で肉の愉悦を堪能する。淫蕩な本性をさらけだし、取り憑かれたようにいやらしい悲鳴を撒き散らす。

「な、奈津実さん、僕もっ……」

正道は震える声を絞った。

「も、もう出るっ……出るっ……うおおおおおおっ！」

硬くみなぎりを増した分身がどくんっと暴れ、沸騰する男の精を噴射する。どくんっ、どくんっ、と砲身をしならせ、続けざまに灼熱のマグマを放出する。

「はぁああああっ……いくっ！　わたしもいくうううううーっ！」

奈津実が腰振りをとめ、全身をひきつらせる。声にならない声を出し、五体の肉という肉を震わせて、がくんっ、がくんっ、と激しく跳ねるその躰は、正道が抱きしめていなければベッドの下まで飛んでいきそうだ。

「おおおおっ……おおおううっ……」

「はぁああっ……はぁあああっ……」

喜悦に歪んだ声をからみあわせ、断続的に続く射精の発作のたびに、お互い顔を真っ赤にして身をよじりあった。

会心の射精だった。

正道は尿道を精が駆けくだるたびに痺れるような快感を覚え、肉の歓喜に恍惚《こうこつ》となった。もう終わりかと思っても、あとからあとから精がこみあげてきた。一度の性交でこれほど大量の精を漏らしたのは、初めてかもしれなかった。

やがて、お互い事切れたようにベッドに倒れこんだ。

正道が仰向《あおむ》け、奈津実が俯せで横になり、しばらくの間、呼吸を整えること以外のことはなにもできず、ただ呆然として恍惚の余韻を味わった。

だから、隣の奈津実が、

「……ねえ」

と声をあげても、夢とうつつの間で聞いており、すぐに反応することができなかった。

「わかったでしょう？　わたしは彼のことが好きなの。あなたとはもうやっていけないの。なにも言わずに別れてね……」

妙に冷ややかな声音が耳に残り、

(……あなた？　……彼？)

言葉のちぐはぐさにようやく気づいた。いま恍惚を分かちあった女が、相手の男に言う台詞ではなかった。

正道は眼を開き、部屋を見渡した。

いつの間にか扉が少し、ほんの五センチほど開いていて、その向こうに男が立っていた。

ひょうたんのように貧相な顔、禿げあがった広い額、仕立てのいいスーツ——その男がこの家の主であり、奈津実の夫である藤代達夫ということは、射精の余韻でぼんやり腑抜《ふぬ》けていた頭でもすぐにわかった。

第五章　うつりぎ

1

翌日になっても雨は降りやまなかった。

正道はひとり浅草のアパートで寝っ転がり、ぼんやりと天井を見上げている。

奈津実は不在だった。

昨夜、成城のマンションからの帰りしな、

「やっぱりわたし、実家のほうにも寄ってくる。今夜はあっちに泊まるわ。悪いけど、荷物持って先に帰っててくれる」

奈津実は平然と言い、ふたりは二台のタクシーに別れて乗った。

正道は電車で帰ると言ったのだが、荷物が重いからタクシーを使ってと奈津実が無理やり金を渡してきたのだ。

しかし、そんなことはどうでもいいことだった。

実家に帰ったことだってそうだ。

問題はそのやりとりを、奈津実が「平然と」したことなのである。異常だった。

その数十分前にあった修羅場《しゅらば》を考えれば、なぜ平然としていられるのか、皆目《かいもく》理解できなかった。

奈津実はアクシデントではなくて故意に、自分の夫に情事をのぞかせたのだ。夫が帰ってくることは知らなかったとしきりに言い訳していたけれど、それを額面どおりに信じることはできなかった。

一方の夫の反応も、普通ではなかった。

五センチ開けた扉の向こうから、妻が若い男と快楽を分かちあう姿を目撃した達夫は、ふたりが性交を終えても寝室に踏みこんではこなかった。怒声をあげたり、暴力を振るったりすることもなく、ただじっと扉の向こうで息をひそめていた。「あなたとはもうやっていけない」「別れて」と三下り半を突きつけられているのに、それに対する反論も口にしない。

呆然自失《ぼうぜんじしつ》として言葉を失っているのだろうと思っていたが、そうではなかった。

「わたし、シャワー浴びてくる」

奈津実がわがままな映画女優のように言い捨てて寝室から出ていってしまうと、取り残された正道は頭のなかが真っ白になり、とりあえず猛スピードでベッドの下に脱ぎ散らかしてあった服を着けた。心臓が口から飛びだしそうな勢いで暴れ、怖いくらいに乾いた口のなかでガチガチと歯が鳴っていた。

達夫は部屋の外で、正道がすっかり服を着けるまでの時間を与えてくれた。

それから静かに部屋に入ってくると、ベッドに腰をおろした。

正道にも腰かけるように眼顔《めがお》でうながし、正道が身構えてそれを拒否すると、達夫はふうっと深い溜め息をつき、

「あんまり深入りしないほうがいいぞ」

と気遣うような口調でつぶやいた。声が低くて渋かった。写真では貧相な男に見えたけれど、近くで声をかけられると、それなりに威圧感があった。奈津実よりかなり年上に見える、四十がらみの背格好がそんなふうに思わせたのかもしれない。

「どんな嘘をつかれてるのか知らないが、きみで……五人目だ」

達夫が指折り数え、もう一度深い溜め息をつく。

「ご、五人目？」

正道は情けなく裏返った声で訊ねた。

「なにが五人目なんですか？」

「あれが結婚してから浮気した数だよ」

奈津実を「あれ」呼ばわりされたことが不快で、正道は唇を噛みしめたが、達夫は気にせず言葉を継いだ。

「最初はスポーツジムのインストラクターだったか……次はカルチャーセンターの講師、運転免許の教習所で知りあった男、行きつけのバーのマスター……きみはどういう知りあいなのかな？」

正道が押し黙っていると、

「まあ、いい。いずれわかることだ……」

達夫は乾いた笑みをもらした。

「要するにいつもの話なのさ。外で男をつくっちゃ僕に別れろ別れろって言うのはね。さすがに今回みたいなことは初めてだが……浮気相手と寝てるところまで見せつけられるなんていうのは……驚いたよ。こう見えて、けっこう動揺してるんだぜ」

正道こそパニックに陥りそうだった。人にセックスをのぞかれた衝撃から立ち直る間もなく、奈津実が浮気常習犯だったと知らされたのだ。むろん、にわかには信じられない話だった。そんな嘘をついて自分を奈津実から引き離そうという作戦か。だが、眼の前の男の落ち着き払った態度はいったいなんだろう。なにが動揺しているだ。妻を寝取られ、その現場を目撃した夫が、こうまで余裕たっぷりでいられるのはなぜだ。本当にこんな修羅場が初めてではないからか。

「ぼ、ぼ、ぼ、僕は……き、きちんと責任取るつもりですからっ！」

正道は顔を真っ赤にして叫び声をあげた。

「結婚するってことかい？」

「当たり前じゃないですかっ！」

売り言葉に買い言葉だったが、もう後には引けなかった。

「男にそれ以外の責任の取り方ってあるんでしょうか？」

「無理だよ」

達夫は苦笑まじりに言い、

「あれは僕とは別れられない」

「ど、ど、どうしてですっ！　あ、あなたも見てたでしょう？　僕と奈津実さんは愛しあっているんですすっ！　一緒に暮らすんですすっ！」

「そう興奮しなさんな」

達夫が腰に手を伸ばしてきたが、正道はそれを乱暴に払った。殴られるかもしれないと思ったけれど、達夫の顔に浮かんだのは怒りではなく、憐《あわ》れみだった。

「病気なんだよ、あれの浮気性は」

「信じませんよっ！」

「信じなくても事実なんだから仕方がない。そうやって男を夢中にさせておいて、あるときぷいっとそっぽを向く。捨てられた男はいい迷惑だよな。自殺未遂騒動を起こした男もいるくらいでね。その後始末をするこっちも大迷惑なわけだが……」

「あなたの話はおかしいっ！」

正道はカッと眼を見開き、初めて達夫を正面から見据えた。

「どうしてそんな女と別れないんですか？　妻が浮気性でいままで五人も浮気して、許すどころか後始末までしてるなんて話、信じるわけないじゃないですかっ！」

「こっちにも別れられない理由があるんだよ」

達夫は初めて苛立った声で答えた。

「僕の実家はゼネコンとまでは言わないが、それなりに名の知れた建設会社でね。あれの実家は不動産会社だ。ひとり娘でね。僕は三男坊で実家は継げないから、結婚してあれの実家の跡取りになった。世間は空前の不動産ブームだし、実家のバックアップもあるから、業績はうなぎのぼりだよ。どっちの実家も、みんな喜んでる。それを壊すことなんて、あれにはできないさ。お嬢さまっていうのは大人になっても親に依存しているタイプが多いが、あれはその典型だからな……もちろん、きみにだって壊す権利なんてない」

眼光鋭く睨みつけられ、正道はたじろいだ。握りしめた両手が、粘りつくような汗にまみれていた。もし本気で壊す気なら容赦はしないという、殺意にも似た達夫の気持ちが伝わってきたからだ。

「で、でも、だからって……」

「あれは可哀相なやつなんだ……」

達夫は正道を睨むのをやめ、遠い眼をして言った。

「子供のころからおとなしくて、誰に対しても従順で、反抗期なんてなかったらしい。だからいまが反抗期なのさ。浮気をすることで反抗してるってわけだ」

正道は首をかしげた。思春期の少年少女の家出ならともかく、三十路を越えた大人の女の意志を、そんなふうに決めつけてしまっていいものだろうか。ずいぶんとありそうな歳の差が、そんな台詞を吐かせるのか。

「昔からお嫁さんになるのが夢だった、っていうのがあれの口癖でね。でも、蝶《ちょう》よ花よで育てられたお嬢さまだから、家事なんてなにひとつできやしない。掃除をすれば掃除機を壊し、洗濯をすれば洗濯機を壊す。料理をすれば皿を割って指を切って、挙げ句の果てにはボヤ騒ぎまで起こしたことがある。頑張れば頑張るほど空まわりなんだ……新婚当初は笑ってたけどね、そのうちなんとかなるだろうって。慣れればやれるに違いないって、彼女自身も思っていただろう。だが、結局できなかった。家政婦を雇うしかなかった。そのコンプレックスが、浮気に走った原因だろうが……」

正道の脳裏に、散らかりきった六畳間の真ん中に座り、にこにこ笑っているだけの奈津実の姿が浮かんだ。たしかに家事は苦手なのかもしれない。しかし、納得できないことが別にある。

「う、浮気じゃなくて……」

震える声を懸命《けんめい》に絞った。

「浮気じゃなくて、本気かもしれないって、そうは思わないんですか？」

「浮気だって、恋愛過程じゃ本気だろうさ。だが結婚ということになると話は全然違ってくる。お嬢さま育ちの彼女を支えられる経済的基盤が必要になる。愛なんていずれは冷めてしまうものだしな。相手がそれなりの資産家なら話は違ってくるが、見るところきみはそうではないようだし……」

安もののTシャツにジーパン姿の正道を値踏みするように眺め、ハッと笑った。

「あれにもいちおう、生存本能が備わってるってわけだ。恋愛相手に、金持ちだけは絶対選ばない。そうなったら、離婚が現実化しちまうからね」

正道は部屋を立ち去ろうと、達夫に背を向けた。

これ以上話を聞きつづければ、達夫の法螺《ほら》話が躰の内部に入りこんできそうだった。いや、すでに入りこみ、あまつさえ成長まで始めている。一刻も早く追いださなければ、頭がおかしくなってしまいそうだ。

「待てよ」

扉の前で、達夫に肩を押さえられた。振り払おうとした正道の腕をつかみ、手のなかに名刺を押しこんできた。

「とにかく、いまのところはあれの好きなようにさせておく。いずれあれが、きみに飽きるまでね。だから、それまできみもせいぜい楽しめ。あんまり入れあげて振りまわされないように注意してな。手に負えなくなったら連絡してくれ」

正道は手のなかのものを突き返すことも、破り捨てることもできなかった。対峙した達夫が、あまりに自信に満ちていたせいだ。代表取締役の肩書きが刻まれた名刺、いかにも高価そうなスーツ、高級マンション。社会的な地位と経済的な豊かさが、この貧相な顔をした中年男に、鉄壁《てっぺき》の自信を与えているのだ。

一方の正道には、自信などなにひとつなかった。若さは自信を与えてくれない。女に愛し愛されているということだけでは、男は胸を張って生きられない。人生の価値を銭金《ぜにかね》で計るな！　と叫んでみたところで、この状況では単なる負け犬の遠吠えだ。

「それからもうひとつ……」

うなだれている正道に、達夫はさらなる追い打ちをかけた。

「僕があれと別れられない理由を教えておいてやろうか。あれは浮気をするようになってから、嘘つきのどうしようもない性悪《しょうわる》になっちまったが、お人形さんみたいだった新婚当初よりずっと抱き心地がよくなった。浮気相手に飽きると、僕のところに戻ってきて泣きながら懺悔するんだ。お願いだから許して、離婚だけはしないで、わたしをぶって、わたしを縛って、てな。僕は望みどおりにしてやるよ。そして抱いてやる。浮気相手とどんなふうにしてたのか、事細かに聞きながらね。僕も女遊びは散々したが、あれほど燃えられるセックスは、ちょっとない……」

朗々《ろうろう》と語りかけてくる低い声を振りきるようにして、正道は寝室を飛びだした。

2

午後遅く、奈津実から電話がかかってきた。

このまま連絡がなかったらどうしようと、怯えながら一夜を過ごしていた正道は、電話のベルが鳴った瞬間、受話器に飛びついた。

「どこに……どこにいるんですか、奈津実さん?」

「実家」

「えっ、まだ?」

「ごめんね。久しぶりに帰ってきたら楽しくて、もう一泊していくことにした。今夜はパパが早く帰ってくるっていうから、ママと三人で外で食事するの。ふふっ、明日には浅草に帰るから待っててね……」

明るく言って、電話を切った。

昨日もそうだった。成城のマンションからふたりで出ると、むっつりと押し黙ったままの正道に向かって楽しそうにしゃべり続けた。

「ホントひどい目に遭ったわよね」「まさかあの人が帰ってくるとは思わなかった」「でも

逆によかったかもしれない。これであの人とはジ・エンド。別れ話を切りだしてゴネられたら面倒だと思ってたから、ちょうどよかった」

正道はなにも言わずに聞いていた。もちろん、言いたいことは山ほどあり、言葉が喉元まで迫《せ》りあがってきていたが、ぐっとこらえて押し黙っていた。

本当にダンナが帰ってくることを知らなかったんですか？　奈津実さんのほうがわざと呼び寄せたんじゃないんですか？　浮気は初めてだって言ってましたけど、ダンナはこれで五回目だって言ってましたよ。僕になにか嘘をついてませんか？　家の都合で本当は離婚なんてできないんでしょう？

訊ねられるはずがなかった。ひとつでも肯定《こうてい》されれば、奈津実との関係はいままでと違ったものとなり、最悪の場合、崩壊してしまうかもしれないのだ。

「……くそっ！」

畳の上で寝返りを打つと、窓があかね色に輝いていた。

夕焼けだ。どうやら雨があがったらしい。

ちょうどいい、と正道は躰を起こし、外に出ることにした。ひとりで部屋に閉じこもっていても暗く落ちこむばかりだし、考えてみれば昨日の夜からなにも食べていない。なにか口に入れなくては、気分どころか体調まで悪くしてしまう。

雨上がりの光沢をまとったアスファルトを、下駄で叩きながら歩いた。いつもは軽快な下駄の音まで、重い気分を反映してか深く落ちこんでいる。

裏通りの軒先には、青紫色のあじさいが咲き誇っていた。

正道はあじさいの花が好きだった。情感あふれる浅草の街並みによく似合うからだ。それに、雨に濡れて匂うその姿は、どことなく奈津実を彷彿《ほうふつ》とさせた。奈津実が最初に正道のアパートを訪ねてきたとき、急に降りだした雨で奈津実は濡れていた。狭い六畳間で情事に燃え尽きたあとはいつも、雨に濡れたあじさいをふたりでぼんやり眺めていた。

「ねえねえ、あじさいの花言葉って知ってる?」

前から歩いてきたカップルの女が、男に訊ねた。

「知らないよ、花言葉なんて」

「移り気とか浮気なんだって。だからわたし、あじさいって好きじゃない」

偶然耳に入った言葉に、正道は腰が砕けそうになった。呆然としながら青紫色の花を見つめていると、「病気なんだよ、あれの浮気性は」という達夫の言葉が蘇ってきて、口のなかに苦いものがひろがっていく。

(……まずい)

前方に割烹着《かっぽうぎ》姿の志津子が見え、あわてて電信柱の陰に隠れた。ぼんやり歩いているうちに、叔母が営んでいるおでん屋『なか井』の側に来てしまったのだ。

そろそろ飲み屋がいっせいに暖簾《のれん》を出す時間だった。

志津子が店先に暖簾を掲げると、続いて店から出てきた志津子の娘・弓香《ゆみか》が看板の電気をつけた。正道にとっていとこにあたる弓香は、今年高校二年生。正道も高校時代にそうしていたように、時折店を手伝っているらしい。

一瞬、すべてを志津子に話し、どうしたらいいか相談しようかと思った。

だがすぐに、無駄なことさ、ともうひとりの自分がつぶやいた。

女手ひとつで弓香を育て、それまでほとんど親交がなかった正道のことまで引き取って高校を出してくれた志津子は、生き方にぶれがない。下町に生きる女の多くがそうであるように、どこまでも気丈《きじょう》である。

その気丈さが、いまの正道にはまぶしすぎた。おそらくカクさんにされたような説教を、ひと晩中こんこんとされるだけだろう。反論のしようがない正論をこれでもかと突きつけられ、正道はうなだれることしかできないだろう。

電信柱を離れ、路地を抜けて千束《せんぞく》商店街に出た。

ラーメンでも食べて早々に引きあげようと思っていると、喫茶店の前で足がとまった。

浅草にはなぜか、外から店内が見えるガラス張りの喫茶店が多い。その店もそういった造りで、道路際の席に座っている女と眼が合ったのだった。女はただでさえびっくりしたように大きな眼をさらに大きな真ん丸にして、凍《こお》りついたように固まった。次の瞬間、あわてて雑誌で顔を隠した。

そんなことをしても、もう遅かった。

(若菜《わかな》さんじゃないか……)

早瀬《はやせ》若菜は博多出身のバスガイド、美咲と同郷だった。三年ほど前、観光バスに乗って浅草にやってきたところ、十年ぶりくらいに美咲と再会し、その場に正道も一緒にいたことから、仲良くなったのである。若菜の頼みで、そのころまだ処女だった彼女と、たった一度だけ躰を重ねたこともある。

「どうも、どうも。久しぶりですね」

店に入り、声をかけた。どういうわけか、ひどく胸がはずんだ。もう一度躰を重ねたかったからではなく、底抜けに明るい若菜と再会を喜びあうことで、沈んだ気分が吹き飛ばせそうな気がしたからである。

「水くさいなあ。浅草に来てるなら連絡してくれればいいのに……」

だが、向かいあわせのソファに腰かけようとすると、

「だめったいっ!」

若菜は相変わらずの博多弁で声をあげ、顔の前で必死に手を振った。

「そこに座らなかで」

「ああ、誰かと待ちあわせですか?」

「そ、そげんこつ……なかけど……」

若菜はひどく気まずげに顔をそむけ、消えいるような声で言う。博多弁と同じく、肩で揃えたボブカットも、愛嬌《あいきょう》のある童顔も相変わらずだった。しかし、少し頬がこけている。スタイルも以前のぽっちゃり形からややスリムになったようで、洒落《しゃれ》たレモンイエローのサマーセーターがよく似合っていた。太腿を露わにした白いホットパンツと銀色のサンダルが、以前よりずっと垢抜《あかぬ》けた女らしさを感じさせた。

若菜は正道よりひとつ齢上《としうえ》、かつて会ったときは十八歳で、いまは二十歳か二十一歳になっているはずだから、大人っぽくなったのも当然かもしれない。

「誰も来ないなら座ってもいいですよね。すいません、ホットひとつ」

正道が注文を告げて座ろうとすると、

「ちょ、ちょっと待ったんね……」

若菜は本気で焦《あせ》った顔で立ちあがり、正道の腕を取った。

「ボーイさん、いまのなし……また来るけん、コーヒーはそんとき飲みます……」

あわててレジで支払いを済ませると、正道を引きずるようにして店を出た。

「……いったいどうしたんですか?」

正道は怪訝《けげん》な面持《おもも》ちで訊ねた。

「あんなふうに店を出ることなかったじゃないですか。もしかして、本当は待ちあわせだったんじゃないんですか? だったら謝りますけど……」

「そうじゃなかったい……」

若菜は力なく首を横に振り、居心地《いごこち》悪うなっとっただけやけん」

「長居しすぎたけん、居心地悪うなっとっただけやけん」

先ほどの喫茶店から百メートルと離れていない赤ちょうちんで、ふたりはやけにガタつくテーブルを挟んでいた。若菜が酒が飲みたいと言ったので、店は古いが煮込みの旨《うま》さと値段の安さで評判が高い、この居酒屋に連れてきたのである。

「お待ちどうさん」

店員がお銚子《ちょうし》と煮込みの皿を運んできた。

「乾杯しましょう」

「はあ……」

正道がお猪口《ちょこ》を差しだすと若菜は乾杯に応じたが、眼を伏せたまま溜め息まじりにお猪口を合わせた。一杯飲んでもう一度、「はあ……」と深い溜め息をつき、手酌《てじゃく》でお猪口に酒を注ぐ。もう一杯飲んで、つらそうに顔をしかめる。

あきらかにおかしかった。若菜は相当な酒好きで、三年前に会ったときは、当時酒を飲めなかった正道に「男なら飲みんしゃい」と無理やり飲ませたほどなのだ。

「あのう……」

正道はうつむいた童顔をうかがいながら訊ねた。

「バスガイドの仕事で浅草に？」

「いんや……」

若菜は首を横に振り、

「バスガイドはとっくに辞めたったい。もう二年も前に」

「そうだったんですか……」

三年という時間の重みが、肩にずっしりとのしかかってきた。かつてはあれほどバスガイドという仕事にやりがいを感じ、みずから天職のように言っていたのに、残念なことである。

「じゃあ、いまはなにを？」

「……うん。二年前にバスガイド辞めて、こっちに来てな」

「東京に？」

「田端《たばた》にアパート借りてん」

「ええっ！　田端なんてすぐそこじゃないですか。ホントに水くさいなあ。連絡してくれればいいじゃないですか……それで仕事は？」

「……言いたくなか」

若菜はぐいっと酒を呷《あお》り、

「うちのことはいいけん、あんたの話、聞かせて。高校卒業したんやろ？　いまなにやっとるん？」

「僕ですか……まいったな」

正道は苦笑し、

「僕もあんまり人に自慢できることはしてないんですよ。高校出て板前修業してたんですけど、つらくて逃げだしちゃって……でもまたもう一度やり直すつもりですけど」

「そうね……」

若菜は笑顔をつくり、

「板前しゃんは、よかよね。やっぱり手に職ったい。うちもなんか、そういうのに憧れるとよ……一からやり直したいなぁ……」

それがつくり笑顔であったことを示すように、言葉が後ろに行くに従って、再びつらく淋《さび》しそうな表情に戻ってしまう。

（やっぱりなんかあったんだろうな……これ以上突っこんだ話、しないほうがよさそうだ……話題を変えよう……）

若菜のことが心配でもあったが、赤の他人に心配されて困ることだってある。正道にしても、奈津実とのことを若菜に相談する気にはなれない。

「そういえば……」

正道はわざとらしく声音を変えて訊ねた。

「美咲さんと会いましたか？　三年前に実家に帰ったでしょう」

「実家に？　なして？」

若菜はきょとんとした顔で言った。美咲の夫・清市が起こした事件についてなにも知らないようだった。正道はかいつまんで話した。清市が人を殺《あや》めてしまったこと。相手はやくざ者で清市は正当防衛だったが、前科があったことから執行猶予はつかず、獄《ひとや》に落ちてしまったこと。美咲は清市が出所してくるまで実家で待つと言い残し、浅草のアパートを引き払ったこと。

「……そげんこつがあったんか」

若菜は深い溜め息をつき、

「うち、知らんかったで。うちが博多にいたときには帰ってきてないと思うけど……こっちに来てからは、うちも実家にあんまり連絡してないから……」

「噂にも?」

「聞かん」

「……そうですか」

正道は力なく肩を落とした。なんとなく予感はしていた。美咲が博多に帰るという置き手紙を残して消えたのは、傷ついた心を故郷で癒《いや》すためというより、浅草の街から出ていきたかったからなのだ。清市との思い出にあふれ、間違いを起こしてしまった正道のいる浅草から。

(美咲さん、いったいどこでなにをしてるんだろう……)

どんよりと沈んだ空気が流れ、若菜は酒を呷り、正道は煮込みを食べた。

ザラメを使ったこの店の牛スジ煮込みは絶品で、正道の好物のひとつでもあったが、今日はあまりおいしく感じられない。

「……あら」

背中から不意に声をかけられ、正道は振り返った。

見覚えのある女が立っていた。アップにまとめた黒い髪、高貴な猫のようなアーモンド形の眼、派手な柄のワンピース――吉原のソープランド嬢・白川日向子《しらかわひなこ》だ。

「偶然ね、正道くん。最近お見限りじゃない」

「い、いや、あの……」

正道はしどろもどろになり、日向子と若菜を交互に見た。いったい今日はなんという日だろう。三年ぶりに若菜に再会したと思ったら、今度は日向子だ。この店から西に一分も行けばソープ街のネオンが見えてくるのでばったり会ってもおかしくないが、なにも今日、若菜と一緒にいるときに会わなくてもいいのに。

「ふふっ、でも正道くんも隅に置けないわね。こんなに可愛い彼女がいたなんて」

日向子が若菜を一瞥《いちべつ》し、歌うようにささやくと、

「ち、違いますっ！」

「違うったいっ！」

正道と若菜の声が揃った。顔まで揃って真っ赤になっていたので、それを見た日向子はぷっと吹きだし、腹を抱えて笑いだした。

3

ちょっと不思議な光景だった。

日向子は女優顔負けの整った美貌を派手なメイクで際立たせ、ルージュもマニキュアも燃えるような真っ赤な色で飾っている。イタリアものらしきワンピースの柄もこれ以上なく派手な色合いなのに、煮込みの匂いの充満する古ぼけた店内でお猪口を傾けている姿が、やけに格好よく決まっていた。

同じように過剰なセクシーさを振りまいていても、ボディコンギャルとは一線を画す、色街堅気には感じられない雰囲気のせいだろうか。この界隈は江戸時代から連綿と続く、色街だった。ただの赤ちょうちんにも街の気配が流れこみ、その気配が法や道徳の外で生きる女を颯爽《さっそう》と際立てているのだろうか。

「ふ、ふたりはどういう関係なんやろか?」

正道の隣の丸椅子に腰をおろして飲みはじめた日向子に、若菜が訊ねる。日向子が振りまく独特の色香に気圧されているらしく、ふくよかな躰を小さくすくめている。

「どういう関係って言われてもねえ」

日向子は意味ありげに微笑んで正道を見た。

「まあ、友達かな」

「友達って……」

若菜は苦々しく笑い、

「どう見ても友達には見えんやろ。かといって、男と女の関係なわけもないし。こげん綺麗な人を、ねえ……」

さも不思議そうに日向子を見て、正道を見る。

（ま、まいっちゃったな……）

若菜との間に流れていた沈んだ空気を打破するため、つい日向子に「一緒に飲みませんか」と声をかけてしまったのだが、考えてみればどういうふうに紹介すればいいのかわからない。正直に話してみたところで、お互い気まずくなるだけだろう。

「か、彼女は、その……叔母がやってるおでん屋の常連さんなんですよ」

苦しまぎれに嘘をつくと、

「嘘やろ」

若菜はキッと眼をつりあげて睨んできた。

「あんた、眼が泳いどるったい」

「いや、その……」

正道は泣きそうな顔になった。

「あのね……」

日向子が若菜を見て言った。

「わたしがおでん屋さんの常連っていうのは本当よ。でも、あなたが知りたいのはそういうことじゃないでしょ？　わたしがなにをやってる女か知りたいんでしょ」

「べつに、そういうわけじゃ……」

若菜は口籠もって眼を伏せた。

「やめましょうよ、日向子さん。とりあえず楽しく飲みませんか？」

正道はなだめるように日向子のお猪口に酒を注いだが、

「いいのよ。雰囲気壊しちゃったら、わたしはあっちの席でひとりで飲むから。地元で飲んでるのに、正体隠さなきゃいけないなんていやなんだな」

日向子の口調は穏やかだったが、その裏には日陰の花として生きる女の屈折《くっせつ》が透けて見えた。

「わたしはね、吉原で働いてるソープ嬢なの。『セザンヌ』っていうお店でね。これでもけっこう、人気あるんだから」

日向子は茶目《ちゃめ》っ気《け》たっぷりにしなをつくって告白したが、次の瞬間、しまったというように頬をひきつらせた。ソープという言葉を聞いたとたん、若菜の顔からみるみる血の気が引いていったからである。

正道は日向子を見た。眼顔ですいませんと謝った。若菜は純情なところがあるから、春をひさいで生きる女など蛇蝎《だかつ》のごとく嫌っているのかもしれない。

「……わたし、あっちでひとりで飲んだほうがいいみたいね」

日向子がお銚子とお猪口を持ってそそくさと立ちあがると、

「待ってくれんねっ！」

若菜が声をあげ、日向子の腕をつかんだ。店内はまだそれほど混んでいなかったが、まばらにいた客がいっせいに振り返ったほどの大声だった。

「うち、あんたと一緒に飲みたいけん……座ってっ！　座ってくれんねっ！」

「……い、いいけど」

日向子は若菜の勢いに気圧されて、もう一度丸椅子に座り直した。若菜はホッとした顔でお猪口の酒をぐいっと呷り、声をひそめた。

「あ、あんなあ……ソ、ソープって……ソープの仕事ってどぎゃんこつするか、教えてもらえんやろか？」

正道と日向子は顔を見合わせた。

（若菜さん、いったいなにを言いだすんだよ……）

とりようによっては失礼な質問にもとれたが、若菜の表情はどこか切羽《せつぱ》つまっていて、不遜《ふそん》な好奇心を発揮しているわけではなさそうだった。もしかすると、セックスのテクニックについて、深刻な悩みでも抱えているのかもしれない。彼氏にマグロと罵られ、どうしていいかわからないとか。

「ソープ嬢がお客さんと寝る仕事ってことは知ってるのよね？」

日向子が訝《いぶか》しげに訊ねると、若菜はボブカットの頭を大きく振ってうなずいた。

「じゃあ、他になにが聞きたいのかしら？」

「やけん、その……お客さんとふたりきりになって……どないすっとかなって……どないにサービスするとやろかって……」

「ソープの個室っていうのはね……」

日向子は淡々《たんたん》と話を引き受けた。

「ちょっと狭いけど、ベッドがあって洗い場があって湯船があるの。そこでお客さんとふたりきりになるでしょ。そうしたらまず、服を脱がしてあげるの。バスタブにお湯をためながらね。お客さんの服を脱がしおわったら、今度は自分が服を脱ぐ。お湯はそんなに早くたまらないから、ベッドでいちゃいちゃしたり、お客さんが興奮してきたら、お口でなめなめしてあげたり……」

「えっ……」

若菜が声をあげようとして口を押さえた。

「それってその……お風呂入る前にするんやろか?」

「そうね」

日向子はうなずき、

「うちは吉原のなかでもトップクラスの高級店だから、そのくらいのサービスは当たり前。お客さんがすぐに本番したいって言ったら、それもOK」

「ほ、本番って……」

「セックスよ」

「まさか……そぎゃんこつ……知らん人とシャワーも浴びんと……」

眼を丸くして啞然としている若菜に、日向子は微笑みかけ、

「だいたいベッドで一回、マットで一回、本番するわ。まあ、三回、四回ってしたがる人もいるけどね。マットっていうのは……まずお客さんの躰洗ってあげるでしょ、一緒に湯船に入るでしょ、あ、湯船のなかでもお客さんのものをなめなめするのね。潜望鏡《せんぼうきょう》って

いうんだけど、おちんちんが潜水艦の潜望鏡みたいだからそんな名前なの。で、だんだん興奮してくるでしょ、そうしたらビーチマットのお化けみたいなのにローションたっぷり垂らして、その上で泡踊りをするわけ」

「あ、あわ踊り?」

「阿波《あわ》の国の阿波じゃなくて、シャボンの泡ね。うーん、ちょっと説明しづらいけど、お互いの躰をぬるぬる滑《すべ》らせてマッサージするっていうか……」

正道は日向子の話を聞いているうちに、なんだかむらむらしてきてしまった。

まだ童貞の高校生だったころ、清市に連れていってもらった『セザンヌ』で、正道は日向子を写真指名した。こんな綺麗な女の人で童貞を捨てられるなんて夢のようだと思ったが、思いが強すぎて椅子洗いとマットプレイで二度も暴発してしまい、結局、童貞喪失は果たせなかった。

その後、別の人で童貞は無事捨てたのだが、夜道で男にからまれているのを助けたことから、日向子のマンションに行き、抱かせてもらったことがある。マットやローションがなくても日向子の性技はとびきりで、めくるめく快感の世界に導いてくれた。

『セザンヌ』は高い店だったけれど、その後、『松葉』で貰った給料で二度ほど訪れた。

追いまわしの仕事で疲れ果て、彼女をつくる余裕なんてどこにもなかったが、躰が疲れれば疲れるほど性欲は高まっていった。女の柔らかい肌に触れたくて、どうしようもない夜があった。

（すごかったよな、日向子さん……）

日向子の自宅マンションでの情事も思い出深いけれど、ソープの個室での彼女はまさに、水を得た魚だった。指使いも、舌使いも、優美と言っていいくらいに洗練され、身のこなしも、眼つきも口調も、もらす吐息までどこまでも濃密な色香に彩られていた。

奈津実との情交が素晴らしいのと別の意味で、日向子とのセックスは素晴らしかった。日向子は性のプロフェッショナルなのだ。男の性感という性感を知り尽くし、それを的確に刺激してくるやり方は、凄腕《すごうで》のマッサージ師に近いかもしれない。どこまでも奉仕してくれる姿勢は、白衣の天使を凌《しの》ぐかもしれない。そこに生来の美貌が加わっているから、躰に溜まっていた欲望を、たったの二時間ですっからかんにしてくれるのだ。

（観客はひとりしかいないけど、女優って言ってもいいかもしれないよな。ほんの束《つか》の間だけ、甘い甘い恋人同士になってくれるっていうか……）

桃色の記憶に浸《ひた》っていた正道は、不意に我に返った。

「……うちにもできるやろうか」

若菜がそうつぶやいたからだ。

「……そぎゃん大変な仕事、うちみたいな女でも耐えられるやろうか」

正道と日向子は再び顔を見合わせた。

どういうことなの？　と日向子が眼顔で訴えてくる。さあ、と正道は困惑顔で首をかしげるしかない。

それまでまっすぐに日向子を見ていた若菜は、視線をテーブルに落とし、ぽつり、ぽつり、と話しはじめた。

「実はうち……今日、ソープの人と会うことになってたんよ……『セザンヌ』っちゅう名前やなかったけど、吉原の店で……いきなり店に行くの怖いですす言うたら、だったら近くの喫茶店で会いましょうって……」

「つ、つまり、そこに僕が偶然通りかかったから、店を出ちゃったんですか？」

正道が訊ねると、若菜はうなずき、

「でも、うちひとりで待ってても、きっと逃げだしとったと思う……怖かったと……喫茶店で待っとるとき、怖くて怖くて仕方なかったと……」

正道と日向子は三たび顔を見合わせた。

正道が息を吸いこみ、若菜に声をかけようとすると、日向子がそれを制して言った。

「よかったら、わけを話してみてくれない？　女がソープで働く決心するなんて、生半可《なまはんか》な理由じゃないでしょう?」

若菜は大きく眼を見開いて日向子を見ると、手酌でお銚子からお猪口に酒を注ぎ、一気に飲み干した。それでも気付けに足りなかったらしく、日向子が注いだ次の一杯も白い喉を見せて流しこんだ。

4

深夜に差しかかったひさご通りを抜けるのは、独特の緊張を強《し》いられる。

店はあらかたシャッターを下ろし、人通りもほとんどないのだが、亡霊のように道の脇に立っている人影があるからだ。顔も頭髪も衣服もよれよれに疲れきった、六十代、七十代の老婆だった。誰かを待っている素振りだが、彼女たちが待ってるのは、家族でも知人でも飲み友達でもなく、客だった。酔漢《すいかん》の腕を取り、路地裏にある旅館に導いて春をひさぐのだ。

最初その話を聞かされたときはぞっとしたが、いまでも見かけるたびにぞっとする。売るほうも売るほうだが、買うほうも買うほうだ。いったい誰が買うんだと、地元の人間でも、みな眉をひそめている。

色街の亡霊だった。肉体を売ることでしか生きていけなかった女たちの魂《たましい》が、無惨に衰えてしまった肉体を抱えて悲鳴をあげているのだ。たとえ誰も客がつかなくとも、いや、むしろ客がつかないみじめな姿をさらすことによって、その悲鳴を通りすがりの男たちに届かせようとしているのかもしれない。

「……ふうっ」

ひさご通りを抜けて六区に出ると、正道は緊張から解き放たれて息をついた。それが立ちんぼの街娼と知らない若菜も、ただならぬ妖気だけは感じとったらしく、正道に倣《なら》って息をつく。

赤ちょうちんの前で日向子と別れたふたりは、駅に向かって歩いていた。

「しかし……どうして二百万も借金しちゃったんですか？　尋常な額じゃないですよ」

正道はつぶやいた。

「もう言わんといて」

若菜がつぶやき返す。

「自分でもどうかしてたって、さっきからさんざん言うとるやろ」

赤ちょうちんで若菜が語った話は、ざっとこんな内容だった。博多から上京した彼女は、池袋の喫茶店でウエイトレスとして働きだした。その店で働く女の子たちはみな若くておしゃれ、若菜も頑張って追いつこうとした。そもそもバスガイドを辞めて上京してきたのは、賑《にぎ》やかな都会で華《はな》やかに暮らしたかったからで、店の女の子たちと一緒に着飾って街に繰《く》りだすことが楽しくて仕方がなかったらしい。

しかし、まわりの女の子たちがみな東京出身の実家暮らしだったのとは違い、若菜にはアパート代も生活費も必要だった。バブルの世の中とはいえ、ウエイトレスの稼ぎなどたかが知れている。それでも服は買いたい。着飾って街に繰りだしたい。デパートの店員がクレジットカードをつくることを勧めてきた。それさえあれば現金がなくても服が買える、魔法のカードだった。勢い現金ではためらっていた買い物までしてしまう。毎月支払い日に蒼ざめる。ローンに追いつめられて生活費が足りなくなり、別のカードをつくる。ということを繰り返しているうちに、気がつけば多重債務者になっていたという。

「うちの店にも、そういう子いるけど……」

若菜の話を聞きおえると、日向子は神妙な顔つきで言った。

「でも、考え直したほうがいいと思うな。買い物でできた借金返すためにできる仕事じゃないよ。あとで後悔するのは自分だから、まずは親御さんに相談してみたら」

ソープ嬢という仕事に誇りをもっている日向子は、冷静に諭《さと》した。いやいや働いている女の子のなかには、酒や薬に溺《おぼ》れてしまう悲惨な例が後を絶たないらしい。

しかし、若菜は実家にはとても相談できないと首を横に振った。上京は父親の大反対を押しきってのことだったし、大学進学すら断念させられた経済状況なので、そんな大金が実家にあるとは思えないというのだ。

「やめといたほうがいいですよ……」

カラン、コロンと下駄を鳴らしながら、正道はつぶやいた。六区の映画館はオールナイト興行をしていたが、あたりはすっかり人気《ひとけ》がなかった。

「ソープなんかで働かなくても、もう少し堅実に返していく方法だってあると思うし」

「返済が遅れれば遅れるほど、利息が雪だるま式に増えていくらしか。うちはもう、選択の余地がないくらい切羽《せっぱ》つまっとるんよ」

若菜もサンダルを鳴らしながら答える。

「でもですよ……日向子さんはソープ嬢が天職だと思ってるからあれなんですけど、若菜さんみたいに普通の人が……金で躰を売るなんて……」

「あんた、ソープで遊んだことあるん？」

「……ありますよ」

正道は答えた。取り繕《つくろ》った会話をしていることに、なんだか疲れてしまった。

「さっきは日向子さん、僕の嘘に調子を合わせてくれましたけど……本当は僕と日向子さん、ソープ嬢と客として知りあったんです」

「そうじゃないかと思ったとよ」

若菜は溜め息まじりに言い、けれどもすぐに意味ありげな笑みを浮かべて、正道の前にまわりこんできた。ふたりは立ちどまって顔を見合わせた。

「頼まれてくれんね？」

「えっ……な、なにをですか？」

若菜の眼の輝きに正道がたじろぐと、

「実地練習たい。話に聞いただけじゃ、やっぱりようわからんちゃ。お風呂でなにするのか、実地に教えてほしいったい」

「な、なにを言いだすんですか……」

「だって、うちとあんたかて、他人やなかろうもん」

「い、いやあ……」

正道は苦く笑い、視線をさまよわせた。若菜の白いホットパンツから伸びたむっちりした太腿が、急に艶めかしく見えた。

若菜とは、たしかに他人ではなかった。一度躰を重ねたことがある。しかも若菜はそのとき処女だった。処女ゆえに恋愛に積極的になれないのだと悩みを相談され、出会ったばかりなのに処女を奪ってほしいと頼まれたのだ。

とはいえ、いまの正道には奈津実という存在があった。劣情に駆られてボディコンの早紀と浮気してしまったけれど、そのとき、浮気の虚しさも同時に経験した。据え膳も無闇にいただけばいいというものではないのだ。

「お願い、こんとおり」

若菜が拝むように両手を合わせる。

「抱いてくれとは言わんくさ、自分にソープ嬢ができるかどうかだけ確かめたいんよ。確かめるだけなんよ。それくらいよかやろ？」

若菜の剣幕に押され、正道は後ずさった。断ることはできそうになかった。部屋で奈津実が待っていれば意地でも断ったかもしれないが、あいにく今日は実家に帰って不在だった。

国際通りの裏にあるラブホテルに入った。

正道のアパートには風呂がついていないし、たとえついていたとしても、万が一奈津実が帰ってきたことを考えれば女を連れこむわけにはいかない。田端にあるという若菜のアパートはいちおう風呂つきらしいが、トイレと一緒のユニットバスで、ふたりで一緒に入ることなどとてもできないという。ソープのプレイを再現するのにそれでは仕方がないと、ラブホテルに入ることにしたのである。

「ずいぶん年季の入った部屋やねえ」

若菜が部屋を見渡してつぶやく。

「たしかに……」

正道も部屋を見渡してうなずいた。建物自体も相当に古いし、スプリングの形が出てきてしまっているソファや、油じみた壁紙やカーペットからは、長年にわたって男女の淫臭を深く吸いこみつづけた痕跡がありありとうかがえた。円形のベッドは毒々しい臙脂《えんじ》色に彩《いろど》られ、壁際に並んだ大人のおもちゃの自動販売機からは剝《む》きだしの猥雑感が漂ってくる。渋谷で入ったラブホテルとはまるで趣《おもむき》が違い、けれどもこちらのほうが、いわゆるラブホテルのイメージに近かった。

「お風呂はどげんやろ」

若菜がバスルームに入っていく。正道はその背中を見送りながら、

（いったい俺、なにをやっているんだろうな……）

一瞬呆然としてしまった。

若菜に押しきられてホテルに入ってしまったけれど、考えてみれば正道のほうだって相

当に切羽つまった悩みを抱えていたのだ。奈津実とのことをどうすればいいのか、いままさに人生の岐路に立たされていると言っても過言ではないのである。ここまで来てしまった以上はもう逃げだせないけれど、やはり断るべきだったかもしれない。

「古いけど、広さは充分ちゃ。三、四人でも入れそうやけん」

バスルームから戻ってきた若菜が笑顔を見せる。

「いまお湯ためとっとから、ちょっと待っとって」

「はあ……」

正道は急に息苦しい気分になった。

若菜はわざとらしいほど明るく振る舞っているが、双頬を林檎《りんご》のように赤く染め、羞《は》じらいを隠しきれない。痩せて女らしくなったとはいえ、いまだ存在感のある豊満な胸のふくらみの下で、これ以上なく動悸《どうき》を乱しているに違いない。

「まずどうすればよかの？」

もじもじと身をよじりながら訊ねてくる。

「うちがソープ嬢で、あんたが客として」

「えっ、ああ……服を脱がしっこするんですよ」

「いきなり？」

「いや、まあ……今日は暑いですねえとか、寒いですねえなんて言いながらです。客のほうだって緊張してるわけで、それをほぐす感じで」

「……わかったばい」

若菜はうなずくと、大きく息を呑んで正道の正面に立った。

Tシャツの裾をまくられ、正道がバンザイをするとそのまま脱がされた。

上半身裸になった足元に、若菜がしゃがみこむ。

カチャカチャと音をたててベルトをはずす。音がやけに大きいのは、手指が震えているせいらしい。

「ほ、本日はあいにくの雨模様でえらかったね。まったく、いつになったら梅雨は明けるんやろか」

「はあ……どうでしょう……」

こわばった顔で天気の話を始めた若菜に、正道もこわばった顔で答えた。おもむろに天気の話をされても、お互いの緊張が高まっただけだった。

ジーパンを脱がされた。

ブリーフの下の分身は、興奮状態になっていなかった。

若菜は震える手指で左右の靴下を脱がし、ブリーフに手をかけた。

これが日向子であれば、まずはブリーフの上から男性器官を愛撫したり、脱がすのを少し焦らしてみたり、プロらしいテクニックを見せるところだが、年若い素人の若菜にそんな芸当はなかった。助言をしようかどうしようか迷っているうちに、ブリーフを足元までおろされてしまった。

「やっ……」

若菜が上目遣いで見つめてくる。

「まだ勃ってなかね」

「は、はあ……ちょっと緊張してまして……」

正道は自分ひとりだけ全裸になった恥ずかしさに、情けない中腰になった。籠に入っていたバスタオルを取り、ベッドに腰かけて股間を隠した。

「……今度はうちの番」

若菜は羞じらいを嚙みしめるようにつぶやくと、ゆらりと立ちあがってレモンイエローのサマーセーターを脱いだ。

眼を見張るほど大きなカップの、白いブラジャーが露わになる。

それから、ひどくぎこちない動きでホットパンツを足から抜いた。

パンティも白だった。

飾り気の少ない純白の下着が、素朴な顔立ちの若菜にはよく似合っている。臍《へそ》の下についた小さなピンク色のリボンが可憐だが、ぴっちりと食いこんだ股間がやけに小高く盛りあがっていて、ぞくぞくするほどいやらしい。

「そ、そういえば……」

正道は若菜の緊張をほぐすつもりで会話を振った。とはいえ、正道の声も相当に上ずっていて、緊張を隠しきれない。

「三年前、処女のままだと積極的に恋愛できないって言ってたじゃないですか。あれから彼氏できたんですか?」

「当然たい」

若菜は童顔をピンク色に染め抜いて、けれども口調だけは勇ましく言った。

「博多でひとり、東京に来てから三人の男と付き合ったと。みんないい男やった……とは言えんけど……それなりに楽しか思い出たい」

「そうですか」

正道は安堵の胸を撫《な》でおろした。処女を捨てたことで恋愛を楽しめるようになったのなら、あのときの情交は無駄ではなかったことになる。

「だから、あんたには感謝しとっとよ……」

若菜は言いながらブラジャーをはずした。いつか見た小玉すいか並みに豊かな巨乳は、三年の時を経ても健在だった。どこまでも淡かった桜色の乳首はやや赤みが強くなって、大人びた色香を感じさせた。

「処女を捨てたときはものすごく痛かったばってん、そのあとはわりと早く……気持ちよくなりよったけん……」

純白のパンティをおろし、漆黒の草むらを見せた。

その瞬間、正道はバスタオルの下で勃起した。

（ああっ、なんだか懐かしい……）

大きすぎる乳房にも、控えめに生え揃った恥毛にも、たしかに見覚えがあった。いかにも抱き心地がよさそうなむちむちしたボディラインも、そうだ。若菜が草むらを見られた恥ずかしさから躰を横に向けると、逆ハート形を描くヒップと逞しい太腿が悩殺的なハーモニーを奏で、勃起した分身が熱い脈動を刻みだした。

「それで……」

若菜が太腿を擦りあわせながらつぶやく。

「お風呂に入る前に……なめなめするんやったよね？」

「なめなめっていうか……」

正道は必死に平静を装いながら答えた。

「僕は日向子さんのやり方しか知りませんけど……こう客がベッドに座っていると、女の人のほうからキスしてくれて……乳首とかも舐めてくれて……それからバスタオルを取って口でするっていうか……とにかく、女の人のほうから積極的にいろいろサービスしてくれるんですよ、ソープっていうところは」

「ふ、ふうん……」

若菜はひきつった顔でうなずくと、ゆっくりと近づいてきた。

血走りそうなほど真剣な眼つきで正道を見つめ、両手で双頰を挟んだ。

ベッドに座っている正道に、上から被せるように唇を押しつけてくる。

「……ぅんんっ」

三年ぶりとはいえ初めてのキスではないのに、若菜の口づけはひどくぎくしゃくしていた。いや、と正道はすぐに思い直した。おそらく若菜は、いま唇を合わせている男が、初めて対面する客であると想定しているのだろう。だから眼を閉じても顔全体をひきつらせ、怖々《こわごわ》と舌をからめているのだろう。

「ぅんんっ……ぅんんんっ……」

ひとしきり舌をからめあうと、先ほど教えってやったとおり左右の乳首を舐めまわし、それから正道の足元にしゃがみこんだ。正道の腰からバスタオルを取り、勃起しきった肉茎を露わにした。

「な、舐めるけん」

若菜は上目遣いでつぶやいた。

正道にというより、自分に言い聞かせているみたいだった。

おずおずとピンク色の舌を差しだした。

肉竿の裏側を、根元から亀頭にかけてねっとりと舐めあげてきた。

舌の感触が初々《ういうい》しかった。

ぎこちなく舌を躍らせ、亀頭を舐めまわした。

硬く屹立した男の欲望器官が、ぬらついた唾液の光沢に輝きだす。

「む、むうう……」

生温かい舌の刺激に、正道は天を仰いで身震いした。

けれども、気持ちよく感じたのはほんの束の間だった。

若菜が根元をしごいても、亀頭を口に咥《くわ》えこんでも、どういうわけか次第に興奮が冷めていく。

(な、なんでだろう……)

正道は苦い気分で、足元の若菜を見た。

裸身がひどく寒々しかった。

欲情していないからだ。

欲情していない女体というものは、いくら恥部をさらしていても寒々しいものなのだと、正道はこのとき初めて知った。そして、寒々しい女の裸身を前にすると、男の感情は興奮とは逆の方向へ走りだすのだ。

プロの日向子は、相手が一見《いちげん》の客であっても欲情しているように振る舞える。本気で欲情している奈津実は、たとえまだ服を一枚も脱いでいなくとも、したたるような色香を漂わせて正道を熱い興奮にいざなう。

「あ、あのう……」

「っんあっ……」

正道が声をかけるのとほぼ同時に、若菜は口から肉茎を吐きだした。こみあげる嗚咽《おえつ》に抗《あらが》いきれなくなったのだった。震える唇からむせび泣きが、瞳からは大粒の涙がぼろぼろとこぼれて頬を濡らした。

「だ、大丈夫ですか？」

「ごめん……ごめんな……あんたんもの、見も知らないお客のものだと思ったら……脂ぎった中年おやじんもの、しゃぶらされとる思ったら……」

必死に取り繕《つくろ》い、頬に流れた涙を指先で拭う。

「……もうやめましょう」

正道は萎《な》えてしまった分身にバスタオルを掛け直した。

「そんなつらい思いをしてまでソープで働いたっていいことないですって。借金返済は別の方法を考えましょう……弁護士さんに相談するとか……」

「いやや」

若菜はきっぱりと首を横に振った。涙に潤んだ眼を見開き、挑むような表情で見つめてきた。

「ソープで働こう思うたのは、なにも借金だけが理由やなかと。うち、お金が欲しいったい。もっと服買うて、もっと遊びたいけん。いまの世の中、お金がないよりみじめなことってなかろうもん。躰売ったかて、うちはたくさんお金が欲しか……」

正道は返す言葉を失った。

なぜそうまでして金が欲しいのかと、問いただすことはできなかった。バブルに躍るこの時代、日本中が金と欲に狂っていた。それ以外の価値を見失っていた。遊ぶ金欲しさに躰を売ってなにが悪いと居直る女を諭す言葉など、鉦《かね》や太鼓《たいこ》で探しても見つかるわけがなかった。

第六章　さすらい

1

破滅への道を歩んでいるとわかっていても、手の届く距離に甘い蜜があれば、人は容易にその道を引き返すことができない。破滅の兆候から進んで眼をそむけ、甘い蜜に溺れていく。夢だけを追い求める。奇跡に近い確率で成りたっているかもしれない現在が、未来永劫《えいごう》いつまでも続くはずだと思いこもうとする。

梅雨はまだ明けていなかった。

小雨の降りしきるなか、正道と奈津実は西伊豆の港町・松崎《まつざき》に向けて出発した。『松葉』のおやっさんに紹介された料亭旅館『いしはら』に連絡したところ、とにかく一度現地まで来てくれないかと言われ、奈津実を伴って行くことにしたのである。

「ねえ、せっかくだから思いっきりおのぼりさんみたく観光しない？　わたし、伊豆って、小さいときに家族旅行したきりだし」

面接を兼ねた現地視察に行くというのに、奈津実はガイドブックを買いこんではしゃぎにはしゃいだ。

伊豆半島の西側は電車が通っていないので、半島の東側を走っている伊豆急《いずきゆう》の駅でバスに乗り換えるか、半島の西側の付け根にある清水《しみず》港からフェリーに乗るというのが、松崎に向かう一般的な方法だ。

しかし奈津実は、中伊豆の修善寺《しゆぜんじ》まで電車で行ってそこで一泊し、浄蓮《じようれん》の滝や天城《あまぎ》隧《ずい》道《どう》を観光したのち、バスで松崎へ向かうルートを選んだ。奈津実は数年前にヒットした石川さゆりの『天城越え』という歌が好きで、浄蓮の滝や天城隧道はその歌で歌われている名所なのだった。

東京駅で電車に乗りこむなり上機嫌で缶《かん》ビールを開けた奈津実を前に、正道の心は晴れなかった。

奈津実の気持ちが見えない。

成城での豊かな暮らしを捨て、十も年下の男と都落ちする生活に、いったいどんな希望をもっているのだろう。

あるいは、夫の達夫が言っていたとおり、最初から単なる浮気のつもりだったのか。永遠を夢見ることをあらかじめ禁じられているから、太く短く恋にのめりこめるのか。燃えあがる愛欲の炎に、計算もなくありったけの薪《まき》をくべることができるのか。

実際、奈津実は燃えあがる炎だった。

午後遅く修善寺の宿に着くと、温泉などには見向きもせず、まだ布団の敷かれていない畳の上で正道を求めてきた。

「わたし、正道くんに夢中よ……」

しなだれかかり、耳元で熱っぽくささやく。耳朶《じだ》を甘く噛《か》んでくる。潤んだ瞳はもう、眼の縁が赤く染まっている。

「電車に乗ってたときから、うずうずして仕方なかったの。正道くんが欲しくて欲しくて……やだ、わたし、なに言ってるんだろう」

唇を重ねてきた。

奈津実のほうから舌をからませ、唾液を啜《すす》りたててきた。

燃え狂う欲情が伝わってくる口づけだった。

スカートをまくりあげ、股間をまさぐると、いまの言葉が嘘でなかったことを示すように、パンティのなかは驚くほど濡れていた。柔らかい肉の花びらが、煮込まれて溶けだしたようにどろどろだった。

翌日は朝から観光バスに乗りこみ、浄蓮の滝や天城隧道をまわった。

幸いなことに雨はやみ、傘の必要はなかった。曇り空に時折、清らかな青空の破片が顔をのぞかせる。伊豆には海のイメージが強かったけれど、うねうねとうねる山道は鬱蒼《うっそう》とした木々が茂り、新緑が眼にしみた。

梅雨時の平日にもかかわらず浄蓮の滝に訪れる観光客は多く、その大半は還暦をとうに過ぎた老人たちだった。彼らに混じって、正道と奈津実は滝壺へと続くじめじめした細い階段をおりていった。

ふたりは自然と手を繋《つな》いでいた。勾配《こうばい》が急で、足元が不安定だったせいもある。しかしそれ以上に、ここが旅先の見知らぬ土地であることが大きかった。地元浅草では肩を寄せて歩くだけで照れくさかったし、お互いの身なりのちぐはぐさや年齢差が気になってとても手なんて繋げなかったから、白魚のような奈津実の手を握りしめて歩けることに、正道の胸は熱くざわめいた。

「うわあっ、すごい……」

階段をおりきり、眼前に滝の全貌が現われると、奈津実は感嘆の声をもらした。

正道は声も出ないほど圧倒された。

正直に言えば、ここに来るまでまったく興味がなかった。伊豆の滝巡りなど、いままわりにいるような、団体旅行の老人たちのための観光ルートだと思っていたからだ。

ごつごつした岩の絶壁を地響きたてて落下する浄蓮の滝は、そんな正道をも圧倒する迫力があった。

なにしろ水量が半端ではなかった。落下の距離はそれほどではないが、勢いがすさまじい。じっと見ていると、水が落下しているのではなく噴射しているように見えてくる。落ちているのに上昇しているような錯覚に、眩暈《めまい》を誘われる。細かく飛んでくる白い飛沫《しぶき》と、密度の高い轟音《ごうおん》が全身を包みこみ、ただ圧倒されることしかできない。

「……ここを押せばいいんですね？」

側で奈津実が、団体旅行の老夫婦と話していた。カメラを手に持っている。記念撮影を頼まれたらしい。

浄蓮の滝を背景に、奈津実は老夫婦の写真を撮った。カメラを返すとき老婆のほうが奈津実になにやら耳打ちし、奈津実の頬が赤く染まった。

「新婚旅行ですか、だって」

奈津実に耳打ちされ、正道の頬も赤く染まる。奈津実が着けている裾のふわりとした白いワンピースが、ウエディングドレスを彷彿とさせたのだろうか。曖昧に笑っているうちに、老夫婦は去っていった。

（でも……）

たしかにそうなのかもしれない、と正道は思った。もし本当にこれから松崎でふたりの生活が始まり、それが永遠に続くのなら、あれが自分たちにとっての新婚旅行だったのだと後から振り返ることができるに違いない。

奈津実が身を寄せてくる。

指をからませあって滝を眺める。

永遠を信じていいのだろうか？

眼前で地響きをたてて落下している浄蓮の滝は、涸《か》れることを知らないようだった。明日も明後日も、訪れる者を圧倒し続けるに違いない。自分たちもこの滝のように、明日も明後日も愛しあえるような気がしてくる。

しかし、照れ隠しに放った迂闊《うかつ》なひと言が、奈津実の顔色を変えさせた。

「奈津実さん、本当の新婚旅行ってどこに行ったんですか？」

奈津実は驚いたように眼を剝き、頰をふくらませた。そっぽを向いて滝に背を向けると、足場の悪い階段をひとりでのぼっていった。

バスで天城隧道に移動した。

山道を少し歩き、杉の木立のなかにたたずむ古いトンネルを抜けても、奈津実は機嫌を損ねたままだった。

「さっきはすいませんでした、本当に……」

もう何度となく口にした言葉を、肩越しに投げかける。

「でももう許してくださいよ。自分でも無神経な発言だったって反省してますから。せっかくふたりで旅行してるのに、そんなにむくれられたら悲しいですよ」

奈津実は立ちどまり、吊《つ》りあがった眼で睨んできた。

唇が震えだした。

「あの人との新婚旅行はね、ハワイ。ダイヤモンドヘッドが見えるビーチでシャンパン飲んだの。これで満足？」

「いや、だから……変なこと聞いちゃってすいませんって、謝ってるじゃないですか」

正道は泣きたくなった。眼頭が熱くなり、本当に涙があふれてきそうだ。

しかし、先に泣きだしたのは奈津実のほうだった。唇の震えがみるみるうちに躰全体にひろがって、真珠のような涙が頬を伝った。

「正道くん、ひどいよっ！　わたしさっきまで幸せいっぱいだったのに……楽しくてしょうがなかったのに……どうしてつまらないこと思いださせるのっ！」

涙まじりの絶叫に、行き交う観光客がいっせいに振り返った。それでも奈津実は、少女のように手放しで泣きじゃくる。

「ひどいっ！　正道くん、ひどいっ！」

「ちょ、ちょっと、奈津実さん……」

正道は奈津実の震える肩を抱きしめ、人目を憚《はばか》るように木立のなかに入っていった。

「やめてっ！　触らないでっ！」

なにかの発作のように暴れだそうとする奈津実を抱きしめ、

「ごめんなさい……僕が悪かったんです……許してください……」

言いながら、必死になって背中をさすった。

奈津実は泣きじゃくり続けた。

時計で計れば一分ほどの時間だったかもしれないが、正道にとっては一時間にも感じられる長い間、ただ謝り、背中をさすることしかできなかった。

(どうしたんだよ、奈津実さん……)

年の差が十もあるからかもしれないが、奈津実がこれほど取り乱した姿を見せたのは初めてだった。正道の前で、奈津実はいつも大人の女だった。やはり夫との裕福な生活を捨ててしまったことが、精神を不安定にさせているのだろうか。

「ううっ……ううっ……」

やがて奈津実はしゃくりあげながら、涙に潤んだ赤い眼を向けてきた。

「……もう言わない？」

「は、はい……」

正道がうなずくと、今度はお互いをただ見つめるだけの長い静寂が訪れた。

草陰にひそむ虫の鳴き声だけが、かすかに聞こえてくる。

奈津実がこわばらせていた躰から力を抜き、体重を預けてきた。

長い黒髪から漂ってくる柑橘《かんきつ》系の香水が、ツンと鼻を刺す。

「ねえ……」

奈津実は急にねっとりと湿った声を出すと、正道の股間をまさぐってきた。ジーパンの下の分身は昨夜たっぷりと精を吐きだし、いささか疲れ気味だったが、ひりひりと敏感になってもいた。

「してよ、正道くん……あの人のこと……忘れさせてよ……」

白魚の手指で、そろり、そろり、と撫でまわされ、

「し、してって？」

正道は息をとめて訊ねた。

「こ、ここでですか？」

奈津実が細い顎をこくりと引く。

熱を帯びた奈津実の視線が、戸惑う正道の視線をからめとり、ねじ伏せる。

「……ぅんんっ」

唇が重なった。

口を吸いあいながら、お互いの髪を、躰を、まさぐった。

山道からは十メートルほどしか入りこんでいないので、時折、行き交う観光客たちのしゃべり声が聞こえてきた。すぐ側に大人をふたり充分に隠せる巨木があった。口を吸いあいながらその陰に移動していく。

スカートをめくり、パンティをまさぐると、シルクの生地の上からでもはっきりと濡れているのがわかった。

「ねえ、ちょうだいっ……すぐちょうだいっ……」

奈津実が唾液で濡れ光る唇をわななかせ、あえぐように言う。せつなげに寄せられた眉根から、したたるような色香が匂う。

正道は奈津実の躰を反転させ、巨木に両手をつかせた。

あらためてスカートをめくりあげ、ベージュ色のシルクパンティを膝までさげる。

緑と土だけで構成された空間に、薄桃色の女の花が鮮やかに咲き誇った。

「ああっ、早くっ……早くっ……」

突きだされたヒップに、正道は勃起した分身を突き立てた。奥の奥まで熱く煮えたぎっている女の壺を、したたかに貫いた。

「んんんっ……くぅううっ……」

「むううっ……うううううっ……」

風が草木をそよがせ、虫の鳴く木立のなかで、獣じみたまぐわいが始まった。通行人たちに聞こえないように声を押し殺しながら、けれどもふたりは激しく性器を擦りつけあい、恍惚への坂を性急にのぼっていった。

2

港町松崎にバスで到着したのは、その日の午後早くだった。

奈津実とは後ほど落ちあうことにし、正道はひとりで料亭旅館『いしはら』を訊ね、面接を兼ねた挨拶をすませた。

『いしはら』は客室数が十に満たない隠れ家的な小さな宿だが、料理のランクは松崎でも屈指《くっし》と評判らしい。『いしはら』の板長と『松葉』のおやっさんが同じ店で追いまわしの修業をした親友だったことから、今回若い衆の紹介を頼んだということだった。

豪放磊落《ごうほうらいらく》を絵に描いたような『松葉』のおやっさんとは違い、『いしはら』の板長は穏やかな笑顔の似合う人で、物腰も柔らかかった。店を切り盛りしている三十代の若女将《わかおかみ》は生活面に関して多大な気遣いをしてくれた。

ふたりは口々に、「若い人に田舎暮らしは退屈だろうが、そのぶん修業に打ちこめるはずだ」という意味のことを言った。住みこみで働くこともできるが、近くにアパートを借りるなら支度金を用意するというありがたい申し出までしてくれた。奈津実と一緒に暮らすなら住みこみや寮生活は不可能なので、自分から通いで働かせてほしいと申しでるつもりだった正道は内心小躍《こおど》りし、けれどもおかげで奈津実の存在を切りだすタイミングを逸《いっ》してしまった。

（やっぱり、追いまわしのくせに女連れで来るなんて常識はずれかな……いや、若くして身を固めていたほうが、覚悟のある男だと思われないだろうか……）

結局、言いだす決断のつかないまま、東京での生活の区切りがつき次第働かせてもらうことをお願いし、「泊まっていきなさい」という若女将の申し出を丁寧に断って『いしはら』を後にした。

奈津実と待ちあわせたのは、港に面した喫茶店だった。

店の前まで行くと、奈津実の姿は外にあった。隣接した駐車場から、鏡のように滑らかな海を見ていた。空は晴れ、時刻は夕刻に近づいていた。頭上には白い雲と青い空が望めるが、西の空は黄金色に染まりはじめている。

正道は歩をとめ、奈津実の後ろ姿を立ちつくして眺めた。

逆光を浴びて、白いワンピースから肢体のシルエットが透けている。

背中がやけに細く、小さく見える。

元から肩幅が狭く、背中に贅肉もついていないのだが、それ以上に雰囲気が淋しそうだった。生まれ育った東京から離れ、これからこの田舎町で暮らすことを考えているのだろうか。どことなく、寂寥《せきりょう》感を滲《にじ》ませている。

正道は、今日の午前中、奈津実が天城隧道で取り乱したことがずっと気になっていた。なにかの兆候に思われてならなかった。

「病気なんだよ、あれの浮気性は」という達夫の言葉が蘇ってくる。「男を夢中にさせておいて、あるときぷいっとそっぽを向く。捨てられた男はいい迷惑だよな」

もしかすると、そっぽを向かれる時が迫っているのではないだろうか。

永遠に思われた気持ちが底をつきそうなのではないだろうか。

不意にある光景が脳裏に浮かんだ。

浄蓮の滝だ。果てしなくあふれてくるはずの水を失ってしまったとき、あの滝はどうなってしまうのだろう。ごつごつした岩肌の絶壁だけを無惨にさらし、見るものにただ寒々しい気分だけを味わわせるのだと思うと、背筋に戦慄《せんりつ》が這いあがっていった。

「……やだ」

奈津実が振り返った。微笑んだ表情に夕陽があたり、端整な横顔が金色に輝く。

「そこにいたんなら声をかけてよ」

「すいません」

正道は苦笑して頭をかき、

「待たせちゃいましたね。けっこう時間かかっちゃいました」

「いいの。ひとりで海を見てるのも悪くなかったわ」

正道が近づいていくと、奈津実は長い黒髪を揺らして腕をからめてきた。いつもの奈津実だった。水を失った滝の光景が気のせいだったことに、正道は安堵《あんど》した。

「それで、どうだった？」

「ええ、女将さんも板さんもとってもいい人で、頑張って働けそうです。住みこめって言われたらどうしようかと思ってたんですけど、近所にアパート借りてもいいみたいだし」

「そう」

奈津実は満足げにうなずき、

「よかったね、それじゃあ一緒に暮らせる」

「はい」

見つめあい、視線をからめあった。顔の片側に夕陽があたり、じりじりする。

「これからどうする?」

奈津実は刻一刻と茜色《あかねいろ》に近づいていく海を見た。

「まだぎりぎり東京にも帰れますけど」

「急いでこっちに戻ってこなくちゃいけないの?」

「いいえ。浅草のアパートを大家さんに引き渡したりしなくちゃいけないんで、一週間くらい猶予《ゆうよ》をもらいました」

「だったらもう少しだけ旅を楽しもうよ。ここから南に行ったところに、雲見《くもみ》っていう温泉街があるらしいの。どんなところかわからないけど、雲見なんて名前が素敵じゃない。きっと空がとっても綺麗なところなのよ」

正道は、奈津実が差しだしたガイドブックの地図を見た。松崎よりさらに半島の先端に近い場所だ。松崎からはバスで三十分ほどで、帰りは下田のほうに抜ければ伊豆急に乗れる。図らずも、伊豆半島を一周する旅ができたことになる。

「そうですね……」

正道はうなずき、

「行きましょう、雲見。『いしはら』の女将さんが支度金出してくれるって言ってたんで、今度は僕が宿代を払います」

昨夜の修善寺での宿代は、奈津実が払った。わたしが来たいって言ったんだからわたしが払うと、かたくなに言い張ったのだ。

「いいのに」

奈津実は苦笑した。

「わたし、来る前にたくさん貯金おろしてきたんだから。どうせあの人のお金よ。ぱあっと使っちゃえばいいのよ」

「大丈夫ですって」

正道は強く言い張った。あの人のお金だから使いたくないのだ。達夫の金で旅行をしても、楽しめない。卑屈な気分から逃れられない。

「さあ、行きましょう。バスがなくなったらやっかいですから」

明るく笑って、奈津実の手を引いた。

正道が奈津実のために使える金の額など、達夫に比べれば、何千分の一、何万分の一だろう。それでもこうして、いつまでも手を握っていたい。海をも真っ赤に燃えあがらせる夕陽に包まれて、長い影を並ばせていたい。

しかしそれは、結局叶《かな》わぬ夢だった。

奈津実のなかに無尽蔵《むじんぞう》にあふれていた愛欲の水は、やはりこのとき、涸《か》れはじめていたのだった。

3

雲見は小さな箱庭のような町だった。

いっそ集落といったほうが的確かもしれないほどの規模だったが、風光明媚《ふうこうめいび》な入り江に面していた。空に向かって海面から巨大な岩の群れがそそり立ち、波がそれにぶつかって白く砕け散る景色には、地名から連想されるとおりの浮き世離れした美しさがあった。

集落の中心には小川が流れ、その小川を挟んで小さな民宿がひしめくように軒を連ねている。小川沿いの遊歩道には赤いちょうちんが並び、ひなびた温泉情緒が漂っていた。秘境とまでは言えないにしろ、釣り人とダイバーたちの隠れ家のような趣の場所である。

正道と奈津実は、雲見の民宿に四泊した。

最初は――少なくとも正道のほうは、四泊もするつもりは毛頭《もうとう》なかった。箱庭のように小さな雲見の町は気に入ったけれど、一泊もすれば充分で、翌日には下田に抜けて東京へ帰るつもりだった。

帰れなくなったのは、奈津実のせいだった。

朝になると「帰りたくない」とぐずるのだ。

「ねえ、もう一泊だけしましょう。浅草のアパートの片づけなんて頑張れば一日で終わるじゃない。荷物なんて布団くらいしかないんだから。だからもう一泊だけ……」

そう言って、宿の人に連泊を告げにいった。梅雨時の平日だったので宿のほうも連泊は大歓迎のようだったが、さすがに四日目になると「少しは外に出たほうがよろしいんじゃないですか」と番頭に嫌みを言われた。

正道と奈津実が部屋に引きこもってセックスばかりしていたからだ。

四日間掃除を拒んだ室内はむっとする男女の淫臭がこもり、古い宿だったので荒れた畳と寝乱れた布団の組み合わせがひどく淫靡《いんび》だった。

飽きもせずにセックスばかりしていたのは、ただ欲情のためばかりではない。松崎を離れて雲見に入ってから、奈津実の様子は明らかにおかしくなった。極端に口数が少なくなり、表情には哀しみの影がべったりと貼りつき、そして寝食の間も惜《お》しんで正道を求めてきた。

体力が続く限り、正道はそれに応えた。応えなければ、奈津実はひどく落ちこみ、涙まで見せた。天城隧道のときのようにヒステリックに泣きわめくことはなかったが、さめざめと涙を流した。理由を聞いても答えてくれなかった。そのくせいったん情事が始まってしまうと、呆れるほど貪欲に恍惚《こうこつ》を求め、喜悦にのたうつのだった。

羞《は》じらい深くクンニリングスを拒んでいたかつての姿は、もうそこにはなかった。お互いの性器を口と舌で愛撫しあいながら興奮を高めて結合し、正道が射精に達すると、再びお互いの性器を口に含んで漏らした体液を舐めあった。

二日目にはどれが奈津実の味で、どれが自分の味かわからなくなった。

三日目には、自分と奈津実はふたりでひとつの生き物であり、離れていることが不自然であるかのような錯覚に苛《さいな》まれた。

快楽はどこまでも深まっていった。

放出する精液の量は回を重ねるごとに少なくなっていくばかりだったが、擦りあわせすぎてひりひりする肉茎は薄皮を何枚も剝かれたように敏感になり、女肉との密着感が驚くほど生々《なまなま》しくなった。

奈津実も同じようだった。自分が下でも上でも、後ろから貫かれても、みずから積極的に腰を動かし、獣じみた悲鳴をあげて歓喜をとことんむさぼり抜いた。

（なんてこった……なんてこった……）

快楽の底、というものが存在するのならば、ここがそうに違いないと正道は何度も思い、けれどもその底は次の性交でまた深々と沈んでいく。

そんなふうにしてただ時間だけが過ぎていった。

いや、自分たちは時間をとめようとしてあがいているのだと、正道はいつしか思いはじめていた。

四日目の夜、正道は快楽が強すぎて気持ちが悪い、という経験を初めてした。嘔吐まではしないし、次のまぐわいをはじめれば治まるのだが、性交と性交の間、食道から胃にかけてむかむかしてしようがなかった。

部屋の隅には夕食のお膳が二段、重ねてられていた。ふたりとも手をつけていない。躰中の神経が快楽を味わうことだけに集中し、胃がなにも受けつけてくれないのだ。

「ねえ、正道くん……」

奈津実があえぎすぎて掠《かす》れた声で言った。

その日何度目になるのかわからない射精を果たしたばかりだった。湿っぽい布団に仰向けに倒れたふたりは、精も根も尽き果てていた。

「明日には、さすがに帰らなくちゃまずいよね？」

「そうですね……明日で雲見も五日目ですから……」

正道はぼんやりと窓の外を見上げて言った。

雲のない漆黒の夜空に、満月が浮かんでいた。星まで見えた。

いつの間にか、梅雨まで明けてしまったのだろうか。

「わたし……もうどうしていいかわからないよ……」

奈津実は空気が抜けるような声でつぶやいた。ここ数日間、獣じみたあえぎ声や荒ぶる吐息、喜悦に歪んだ恍惚の声、さめざめとした泣き声しかもらしていない奈津実が、久しぶりに発した人間的な言葉だった。

どうやら覚悟していた時が訪れたらしい。

時間をとめようとあがくことをやめる時だ。

時間をとめることなんて誰にもできやしない。

無尽蔵に見える浄蓮の滝も、百年千年単位で見ればいつかは涸れる。

そして、過ぎゆく時間のなかでだけ、滝は圧倒的な迫力で見る人の心をどこまでも揺さぶるのである。

四日間快楽だけをむさぼった果てに、正道はようやくそんな心境に辿《たど》りついていた。

奈津実の言葉をしっかり受けとめたかったが、躰は鉛《なまり》を呑みこんだように重く、布団に倒れたまま起きあがることができない。

視線だけを動かして奈津実を見た。

月明かりに照らされた白い太腿、しっとりと濡れた草むら、上を向いても形くずれしないお椀形の乳房、まだ突起をとどめている木いちごのように赤い乳首。

なんという美しさだろう。

狂おしいほどのいやらしさだろう。

「わたしね……」

奈津実が唇だけを動かしてつぶやく。

「東京に帰ったらたぶん……二度とこっちには戻ってこれないような気がする……」

「どうしてですか？」

答えはわかっていた。わかっていても、訊ねずにいられなかった。

「ごめんなさい。わたしあなたに、いっぱい嘘をついたわ……」

「どんな嘘？」

「とにかく……いっぱい……数えきれないくらい……」

きつく唇を嚙みしめる。

「僕が一緒に西伊豆に行ってほしいって言ったとき、『嬉しい』って言ったのは？」

「気持ちは……本当よ。二十歳のあなたがそんな決心をしてくれたことが、涙が出るほど嬉しかった」

「僕とのセックスが最高に気持ちいいっていうのは？」

「それも……嘘じゃない」

「だったらいいですよ。他のことは全部嘘でも」

「よくないの」

奈津実が顔を向けてくる。歓喜とは別の涙で、瞳が潤みきっている。

「こんなはずじゃなかったのよ……渋谷であなたに初めて会ったとき、わたし、合コン行った帰りだったの。つまらない男ばっかりだったから悪酔いしちゃってあの有様だったんだけど、なんとなく……その合コンに期待してたこともあって、躰が疼《うず》いてたの。そこに都合よく声をかけてきてくれたのが、あなただった……」

正道は天を仰いで眼を閉じた。

「だからね、浮気は初めてなんて大嘘もいいところ。浅草のあなたの家を訪ねていったときだって、ちょっと楽しんで帰ればいいなんて思ってたんだから……」

「どうして帰らなかったんですか?」

眼を閉じたまま訊ねた。

「どうしてかな……」

奈津実は震える声で答えた。

「あなたといるうちに、だんだん帰りたくなっちゃったの。浮気の経験は何度もあるけど、こんな気持ちになったのは本当にあなただけ。でも、帰らなかった理由はそれだけじゃない。浮気現場を夫に見せつけて、めちゃくちゃ傷つけてやりたいっていうのもあった。気づいていたかもしれないけど、成城のマンションであなたと寝たとき、夫が帰ってくることをわたしは知ってた。あなたと愛しあうことでなにもかも壊れてしまうなら、それはそれでよかった……」

けれども、実際にはなにも壊れやしなかった。

嘘つきで浮気性の妻より、夫のほうが一枚も二枚も上手だったからだ。

妻にしても、夫が一枚も二枚も上であることを知っているからこそ、度の過ぎた悪戯《いたずら》を仕掛けたのだ。

部屋を沈黙が支配した。

遠く波の音が聞こえてくる。

人の愛も欲望も、どうして波のように寄せては返してくれないのだろうか。なぜ滝のように落下していくばかりなのか。

「わたしは……」

奈津実が震える声を絞った。

「あの人のこと大っ嫌いだけど……きっと一生離れられない……ごめんね、正道くん……一生、死ぬまで離れられないの……」

離れられない理由を、切々と続けた。実家の会社を継いでくれた夫と別れれば、両親に顔向けできなくなるという。達夫からも聞いた話だった。そして、わがままで性悪《しょうわる》な自分を受けとめてくれる男は夫しかいないのだとつぶやいた。自分が本性を現わせば、おそらくあなたはわたしのことが嫌いになるに違いないと。

そうか、と正道は思った。

波のように寄せては返す関係が、夫婦というものなのかもしれない。ただまっすぐに愛しあい、悦びを分かちあうだけの関係だから、不倫は落ちていくばかりの滝なのだ。いつかは涸れる運命なのだ。
「……どうしたの？」
奈津実の潤んだ瞳に戸惑《とまど》いが浮かんだ。
正道が躰を起こし、覆い被さっていったからだ。
月明かりを浴びた乳房をやわやわと揉んだ。
汗に濡れた柔らかい肉が、搗《つ》きたての餅のように手のひらに吸いついてくる。
舌を伸ばし、赤く突起した乳首を舐め転がした。
「くぅうっ！　ねえ、正道くん……まさか……まだするの？」
奈津実の瞳に浮かんでいた戸惑いが、恐怖にも似てくる。
正道はうなずくかわりに唇を重ねた。
舌をからめた。
「ぅんっ……ぅんんっ……」
唾液と唾液を交換しながら、見つめあった。
奈津実の眼の下にはくっきりとした隈ができていた。
おそらく、正道の眼の下にも同じような荒淫の印が残っているに違いない。
深い口づけを続けながら、女体を抱きしめた。

白い太腿に股間を擦りつけた。

射精したばかりの分身は硬く勃起することなく、けれども芯《しん》に激情がくすぶっている。

肉体の限界はとっくに超えていたが、もう一度繋がりたくて仕方がなかった。

滝が涸れるところを見るためだ。

どうせ涸れてしまう運命なら、みずから欲望のエキスを最後の一滴まで絞りださなければ、胸にあふれるこの想いをどうしていいかわからなかった。

4

「んんっ……ああっ……し、しみるっ……」

乳首を強く吸いたてると、奈津実は端整な美貌をきつく歪めた。

「吸われすぎて、かさぶたを剝がされたみたいになってるのよ……あああっ……」

それでも内側から爆《は》ぜんばかりにふくらんでいる乳首を、正道は舌腹でねちっこく舐めたてていく。

かさぶたを剝がされたような感じなのは、正道の分身と同様だった。痛みもあるが、性感もひどく敏感になっている。それでも刺激を受けつづけると、痛みと快感が渾然一体《こんぜんいったい》となり、躰の芯まで痺れてくる。

木いちごのように赤くて小さな乳首は、この四日間で二番目に舐めていた時間が長いところだった。

もっとひりひりしているはずの部分を目指して、正道は躰をずらしていった。

くびれた腰を撫で、むっちりと丸みを帯びた尻を撫でた。

太腿をつかんだ。

左右に大きく開くと、両腿のつけ根で花びらまでがぱっくりと口を開き、薄桃色の粘膜を見せた。まだ先ほどの結合から時間が経っていないせいだろう。肉の合わせ目にあるクリトリスも、包皮が剝かれた状態で漆黒の草むらからツンと顔を出していた。

（ああっ、本当に真珠みたいだ……）

珊瑚《さんご》色に輝く女の発情器官を見て、正道はうっとりと眼を細める。

ふうっ、と息を吹きかけると、小刻みにぷるぷると震えて感度のよさを伝えてくる。

「んんっ……んんんっ……」

奈津実が自分の内腿越しに、正道を見つめてくる。

いまにも敏感な部分を刺激されそうな恍惚と不安に、きりきりと眉根を寄せている。

正道は舌を伸ばし、奈津実の花に顔を近づけていった。

だが、舐める前に顔を戻した。

舌ではないやり方で愛撫することを思いついたからである。

荒れた畳に脱ぎ散らかしてあったジーパンを引き寄せ、ポケットを探った。

いつか奈津実が「あなたにあげる」「捨てて」と言って渡してきた、銀色の結婚指輪を取りだした。

「奈津実さんはひどい人だ……」

しっとりと濡れた草むら越しに、眉根を寄せた奈津実を見る。

「一生離れられない人から貰った指輪、僕に捨ててきてなんて言って……」

「うっ……ううっ……」

奈津実の顔が困惑《こんわく》に歪む。

「ご、ごめんなさいっ……許してっ……あああああっ!」

謝罪の言葉は、甲高い悲鳴に呑みこまれた。

正道が指輪で割れ目をなぞったからだ。

下から上へ、上から下へ。

かまぼこ形のプラチナでぬめぬめした花びらを搔き分け、肉の合わせ目にあるクリトリスをいじりまわした。

「あああっ……はぁあああああっ……くぅうううううーっ！」

舌や指とは違う硬く冷たい金属の感触に、奈津実は身をよじり、白い太腿をぶるぶると震わせる。豊かな尻肉が、波打つように痙攣する。

みるみる赤く充血し、限界を超えてぷっくりと膨張したクリトリスは、指輪と擦りあわせていると本当に宝石のように見えた。

正道は口のなかに唾液をたっぷりと溜めてから、クリトリスを舐めはじめた。

舐めては指輪で擦り、擦っては舌先でねちねちと転がしていく。

交互に訪れる硬く冷たい金属とよく動く生温かい舌の刺激に、奈津実はひいひいと喉を絞ってよがり泣き、クリトリスは愛液の海で快楽に溺れた。

「気持ちいいですか？」

正道は意地悪くささやきかけ、

「大っ嫌いな男に貰った指輪でいじられて、気持ちいいんですか？」

指と指輪の間でクリトリスをぷちんっとはじいた。

「くぅうううーっ！　や、やめてっ……もうやめてっ！」

もっとも敏感な部分に与えられるかさぶたを剝くような衝撃にのたうちまわりながら、甲高い声で絶叫する。

だが、正道はやめなかった。

指輪を自分の右手の人差し指にはめてみた。

サイズが小さいので第二関節の手前でとまった。

その状態で、指を女の割れ目に沈めこんだ。

「あっ、あぁうううううーっ！」

奈津実が白い喉を見せて悲鳴をあげる。

正道は、ぐっしょりと濡れた肉ひだのなかで指を折り曲げた。指輪が第一関節と第二関節の間から落ちないように注意深く、なかの壁を掻き毟っていく。

「いっ、いやっ……はぁううううっ……いやあああああっ……」

いままでのあえぎ方とは、明らかに違う反応が返ってきた。

指の動きとともに、硬質な金属が女の壺のなかで暴れまわるのだ。仮初めにも永遠を約束したプラチナで、他の男にGスポットを擦りたてられているのだ。

疲労に萎えていた正道の分身に、力がみなぎってきた。

夫の元へ帰れば、奈津実は浮気相手とどんな情事を交わしていたか白状させられるらしい。達夫が自慢げに語っていた。それを聞きながらする倒錯的なセックスは、どんな女遊びも敵《かな》わないほど興奮を与えてくれるのだと。

奈津実は、このこともしゃべるだろうか。

結婚指輪を使って濡れぬれの割れ目を泣くまでいじりまわされたと、夫に懺悔するのだろうか。

(言えばいいよ……全部言えばいい)

胸底でつぶやいた瞬間、正道の躰は火を放たれたように熱く燃え盛り、股間の分身がはちきれんばかりに硬く勃起した。

指輪をはめた指で女の壺をしたたかに責めながら、クリトリスを舌で転がした。唇を押しつけ、チュッチュと音をたてて吸いあげた。

「はっ、はぁううう一っ！　はぁうううう一っ！」

奈津実が手放しでよがりはじめる。自分の股間に吸いついた男の頭をつかみ、髪の毛をむちゃくちゃに掻き毟る。

正道は取り憑かれたように指を動かし、舌と口を使った。

ぐちゃっ、ぐちゅっ、と割れ目の奥から音が響く。

クリトリスだけではなく、花びらもそのまわりも、アナルに至るまで口が届くところは余すことなく刺激していく。

「あううぅっ……」

刺激に耐えきれなくなった奈津実が躰を反転させ、俯《うつぶ》せに倒れた。

正道はそれでも執拗に追いかけ、愛撫を続けた。ヒップを突きださせた状態で後ろから責めた。指輪をはめた右手で女の壺を、左手でクリトリスを責めたてた。眼前に無防備にさらされたアナルのすぼまりを、皺を伸ばすように丁寧に舐めまわした。

「ひっ、ひぃいいいーっ！　ひぃいいいいーっ！」

三つの急所を同時に刺激され、奈津実はちぎれんばかりに首を振った。長い黒髪を振り乱し、寝乱れたシーツに顔を擦りつけた。

ひしゃげた悲鳴が涙に潤んでいた。月明かりを受けた白い肢体はもうすっかり生々しいピンク色に染まりきっている。女の割れ目からは匂いたつ濃厚な発情のエキスがしたたり、指を素早く出し入れすると、粘液の細かい飛沫が顔めがけて飛んできた。

正道は愛撫の手をとめ、両手で尻の双丘をつかんでひろげた。

滝があった。

女の割れ目からあふれた白い本気汁が、糸を引いてシーツに垂れ落ちていく。

（最後まで……最後まで落ちきるんだ……水が……水がなくなるまで……）

正道は双丘をつかんだ両手に力をこめ、

「ねえ、奈津実さん……」

昂《たか》ぶる吐息をセピア色のすぼまりに吹きかけた。

「ここでしたことって、あるんですか？」

「えっ……」

奈津実が困惑の声をあげて振り返った。乱れに乱れた黒髪の奥で、端整な美貌が真っ赤に染まっていた。両眼まで真っ赤に腫《は》れた表情が、ぞっとするほど色っぽい。

「ない……ないわよ……」

「じゃあ、僕にさせてください」

赤く染まった奈津実の顔が凍りつく。

「あなた……したことあるの？」

「ないですけど、したいんです。奈津実さんが、したことのないことを……」

この期に及んでまだそんなことを言っている自分が、滑稽《こっけい》でならなかった。嘘つきで性悪な本性を知ってなお、奈津実の清らかな部分を探さずにはいられないのだ。その躰のすみずみまで、愛さずにいられないのだ。

「だって……だって奈津実さん……これが……これが僕たちの……」

最後の情交になるに違いないのだ。明日になればふたりは、東京に帰らなければならない。東京に帰れば、奈津実はおそらく夫の元へ戻っていく。

「……わかった」

奈津実は小さくうなずいた。

「正道くんがしたいなら、していいよ……嘘ばっかりついてたわたしのこと、めちゃくちゃにしていいよ……」

正道は大きく息を呑み、奈津実と視線をからめあった。

めちゃくちゃにしたいわけではなかった。

嘘ばかりつかれたことを恨んでいるわけでもない。

ただ、奈津実の躰に痕跡を残したかった。家に帰った奈津実が正道と肛門性交までしたことを話せば、夫は激怒するだろう。その場面を想像すると、どういうわけか狂おしいほどの興奮がこみあげてくる。

奈津実は覚悟を決めたように、顔を前に戻した。

膝を立ててヒップを無防備に突きだし、女の恥部という恥部をさらけだした。

正道は立ちあがって窓を閉めた。

いままでの悲鳴も相当に大きく、近隣の宿まで聞こえていただろうが、これからあげる悲鳴は、その比ではないだろうと思ったからだ。

窓から吹きこんでいた潮風が遮《さえぎ》られると、部屋は途端に蒸し暑くなった。欲情した男女の熱気のせいに違いなかった。

窓を閉めても、正道はすぐには布団の上に戻らなかった。部屋の隅に置かれている夕食の膳を漁った。都合よく、サラダ用のフレンチドレッシングの瓶が用意されていた。アナルセックスは初めてだったので、なにか滑るものが欲しかったのだ。

奈津実は、正道が戻ってくるのをヒップを突きだしたまま待っていた。

「……ちょっと冷たいですけど我慢してください」

フレンチドレッシングのキャップを開け、尻の桃割れにたらたらと垂らした。奈津実が小さく声をあげ、鼻を刺す酢の匂いがあたりにたちこめる。

正道は自分の分身にもフレンチドレッシングをかけると、突きだされた奈津実の尻に腰を寄せた。

アナルセックスについての知識は、ほとんどなにもなかった。実際に亀頭をすぼまりにあてがうと、こんな小さなところに本当に挿入することができるのだろうかと、不安でいっぱいになった。

「……いきますよ」

それでも覚悟を決め、腰を前に送りだしていく。

入らなかった。

勃起は鋼鉄のような硬さにまで達していたが、禁断の排泄器官は処女の関門よりもなおかたく、挿入を拒んでくる。

正道は尻の双丘を両手でつかんでぐいぐいと割りひろげながら、もう一度勢いよく腰を突きだした。

「んんっ！　んぐぐっ……」

奈津実が顔を布団に押しつけて、地を這うような苦悶《くもん》の声をもらす。

それでも、亀頭すら入ってくれない。

奈津実が両膝を立てていられなくなり、俯せに倒れた。

正道はそれを追いかけ、逆Ｖの字になった両脚のつけ根に手を伸ばした。

セピア色の肛門のすぐ近くの肉をつかんで、強引に開かせて亀頭を押しつけていく。

「むうっ……むううっ……」

額に滲んだ汗が眼に流れこみ、手指はフレンチドレッシングでひどく滑る。それでもやめることはできない。鬼の形相で肛門をこじあけ、むりむりと亀頭を沈めていく。

「ぐっ！　ぐぅうううーっ！」

奈津実が身をよじる。かろうじて悲鳴をこらえているのは、正道に対する罪悪感からだろう。これが贖罪《しょくざい》の儀式だと思っているからだろう。耐え難い激痛が五体に訪れていることは、乱れた黒髪からのぞいた耳や首筋が真っ赤になっていることから明らかだ。

修羅場だった。

お互いに限界まで息を荒げながら、畜生と化した格闘が続いた。

「ひっ、ひぃぎいいいーっ！」

ようやくのことで亀頭の挿入に成功すると、奈津実は人間離れした悲鳴を放ち、五体の肉という肉を激しく痙攣させた。

「ぐむっ……」

アナルのすさまじい締めつけに、正道も一瞬、悲鳴をあげそうになった。

前の穴とは比べものにならない、ゴム紐《ひも》で力の限り締めあげられているような衝撃が、カリのくびれを圧迫する。

「むっ……むむむっ……」

正道は息を呑んで下腹に力をこめ、さらに奥へと進んでいった。締めつけが激しいのは入り口だけで、その後はずるずると奥へ進めた。前の穴と違い、アナルの奥はぽっかりした空洞になっていて、温かい湿った空気を亀頭に感じた。

（す、すげえ……）

結合部をのぞきこむと、菊の花のようだったすぼまりが無惨《むざん》に押しひろげられ、その中心におのが男根が深々と突き刺さっていた。

残酷美ともとれるその光景を確認したことで、あらためて達成感がこみあげてくる。人妻のアナル処女を奪っているという、禁断を犯した興奮に全身が小刻みに震えだす。

「な、奈津実さん……」

後ろから抱きしめ、真っ赤になった耳にささやいた。

「入ってますよ。奈津実さんの可愛いお尻の穴に、僕のものが……」

「ううっ……くぅううっ……」

振り返った奈津実の顔は苦痛に歪み、脂汗《あぶらあせ》にまみれていた。唇を震わせて声にならない声をもらし、いまにも白眼を剝いてしまいそうだ。

だが、そんなむごたらしい表情が、いまは興奮を駆りたてる。

奈津実の躰にくっきりと痕跡を残した悦びがこみあげてくる。

裏返った愛情が、さらにむごたらしい表情を求めてしまう。

「動きますよ」

ささやきかけると、限界まで細められた奈津実の眼が恐怖に曇った。

正道はかまわず抱擁に力をこめ、腰を動かした。

といっても、前の穴に入れているときのように抜き差しができるわけではない。締めつける力があまりに強いので、結合した状態で躰ごと揺さぶることしかできない。

「ぐっ……ぐぐっ……」

奈津実が歯を食いしばって痛みをこらえる。

それでもこらえきれない痛みが、五体をもがかせる。

正道は俯せの女体を左手で押さえたまま、右手で片脚を折り曲げた。そうしておいて、折り曲げていないほうの脚を股間で挟んだ。奈津実の躰は異常に柔らかい。折り曲げた足を伸ばして肩にかけ、アナルで結合したまま松葉崩しのような体勢で押さえこみ、逃れられないようにしてしまう。

「ぐぅううう－っ！」

端整な美貌が限界まで歪みきった。

「痛いですか？　苦しいですか？」

正道は分身を締めあげてくるすぼまりの力にはあはあと息を乱しながら、奈津実の顔に汗で貼りついた黒髪を払ってやる。

「……だ、大丈夫」

奈津実は気丈に声を絞り、

「出して、正道くんっ……わたしのお尻に、出してっ……」

いまにも白眼を剝きそうな眼から大粒の涙をこぼす。

「は、はい……」

正道はうなずき、右手で奈津実の股間をまさぐった。松葉崩しのように両脚を交錯させた体勢にしたのは、もがく女体を押さえつけるためだけではなく、片脚を肩に載せたことでL字に開かれた股間を刺激するためでもあった。

右手の人差し指にはまだ指輪がはまっていた。

第一関節と第二関節の間で不安定にはまった指輪を落とさないように注意しながら、女の割れ目をいじりたてていく。肉の合わせ目にある真珠肉を転がす。ずぶずぶと奥まで入れて、Gスポットをかまぼこ形のプラチナでしたたかに擦りあげる。

「はっ、はぁおおおおおおおーっ！」

獣じみた咆吼《ほうこう》が、部屋の障子を震わせた。

荒淫にただれた女の花を愛撫しはじめた途端、それまで苦痛にもがいていただけの女体が、生気を取り戻した。

片脚を持ちあげられた淫らな格好でのけぞり、首を振り、豊かな尻肉を震わせる。汗にまみれた胸のふくらみをはずませ、赤く燃えあがった乳首の先から汗を飛ばす。

奈津実が動きだしてくれたおかげで、正道の動きは最小限に抑えられた。

さして動かさずとも、きつく締めつけ、収縮する肛門括約筋《かつやくきん》が、眼も眩むような快美感を与えてくれ、勃起の芯まで痺れてくる。

たまらない刺激に思わず眼を閉じそうになっても、歯を食いしばってこらえた。

視線は奈津実に釘づけだった。

ふたつの穴を塞がれて乱れに乱れる人妻の姿に、陶然《とうぜん》と見入っていた。

「奈津実さんっ……奈津実さんっ……」

愛しているというかわりに、花びらをいじった。

真珠肉を押し潰した。

女の壺を掻きまわした。

左手で汗にまみれた乳房を揉んだ。

男根をみなぎらせてすぼまりをむりむりと押しひろげ、禁断の排泄器官を犯し抜いた。

夢中だった。

室内はフレンチドレッシングの匂いでむせかえっていた。

お互いの躰が放つ熱気と汗が、フレンチドレッシングを温めたのだ。だが、そんなことにかまっていられないほどの快感が次から次に襲いかかってくる。

時間よとまれ、といまほど強く思ったことはない。

しかし次の瞬間、もうとまらなくていいと思い直した。甘美な諦観《ていかん》を誘うほど、全身を打ちのめす快楽はどこまでも峻烈《しゅんれつ》だった。こらえきれずぎゅっと眼をつぶると、瞼《まぶた》の奥に地鳴りをたてて落下する浄蓮の滝が見えた。

「だ、だめっ……もうだめっ！」

奈津実が切羽詰まった声をあげ、長い黒髪を振り乱す。眉根に縦皺を何本も刻み、濡れた瞳で見つめてくる。

「もういくっ……わたし、いっちゃうっ……」

女の壺に沈んでいる指が、ざわめく肉ひだに食い締められる。シンクロするように、アナルの締めつけも強まっていく。

「いっちゃうんですか？　お尻の穴でいっちゃうんですか？　いやらしいっ！　奈津実さんは本当にいやらしい女だっ！」

痛切な声で責めたてる正道のほうにも、限界が迫っていた。

肩に載せた片脚を抱きかかえるようにして、小刻みに腰を動かした。右手の人差し指で、ざわめく肉ひだを懸命に掻きまぜた。

アナルがぐいぐいと締まってくる。

躰の芯から戦慄にも似た震えが起こり、正道は泣き叫ぶような絶叫をあげた。

「で、出るっ……もう出るっ……おおおうううーっ！」

下半身で爆発が起こり、尿道が灼熱に燃えあがった。マグマのように煮えたぎった精のつぶてを、ぼっかり空いた直腸に放った。

「はっ、はぁおおおおおおーっ！　いくいくいくっ……お尻でいっちゃうーっ！」

奈津実が絶叫する。片脚を持ちあげられた体勢で押さえつけられた不自由な躰をのけぞらせ、アナルに射精が訪れるたびに、びくんっ、びくんっ、と五体を痙攣させる。伸ばした左手で正道の腕をつかみ、きつく爪《つめ》を食いこませてくる。

「おおおおおっ……おおおおおおっ……」

「はぁあああっ……はぁおおおおっ……」

獣じみた声をからめあわせ、身をよじりあった。射精は長々と続いた。これほどの量の精液がまだ残されていたことに、正道は驚いた。射精のたびに訪れる痺れるような快美感に悶絶《もんぜつ》しながら、躰もきっとわかっているのだろうと思った。これが奈津実との最後の情事だと、わかっているからありったけのものを吐きだしているのだ。

やがて結合をといて倒れると、今度こそ本当に動けなくなった。

歓喜に悶えていた奈津実の声がすすり泣きに変わっていくのを聞きながら、正道は失神するように眠りに落ちた。

5

翌日、関東全域に梅雨《つゆ》明け宣言がなされた。

雲見の空も快晴で、宿を出ると眼にしみる青空が天から降り注いできた。

箱庭のような町なので、宿から海際のバス停まで、どんなにゆっくり歩いても三分とかからなかった。

海は凪《な》いでいた。入り江にそそり立つ巨大な岩の群れは、波が砕ける飛沫がなくて少し淋しそうだった。そのかわり、空には白い入道雲がどこまでも高く浮かびあがり、夏の到来を告げていた。

「本当に浅草には帰らないの？」

奈津実がせつなげに眉根を寄せて訊ねてくる。

「すいません……」

正道は頭をさげた。

「浅草に帰ると……その……いろいろ心が乱れちゃいそうで……」

昨夜、最後の精を放ってから眠りに落ちるまでの短い時間に、そうすることを決意していた。下田に向かう奈津実とは反対のバスに乗って松崎に戻り、このまま『いしはら』で追いまわしの修業を始めるのだ。

「アパートはどうするの?」

「近所に叔母さんが住んでるんで、電話して荷物送ってもらいます」

冷戦中の志津子が頼みに応じてくれなければ、大家に連絡して私物はすべて捨ててもらえばいい。裸一貫で一からやり直すのも、それはそれで悪くない。

時刻表を見ると、下田行きのバスのほうが早く到着するようだった。

「ちょっと待っててください」

正道はバス停に奈津実を残して、眼の前の浜辺に走った。

ジーパンのポケットから指輪を出し、波間で洗った。昨日はずいぶんな使い方をしてしまったので、その罪滅ぼしだ。

(いいんだよ……これでいいんだ……)

こみあげる未練が涙を誘い、潮風を胸いっぱいに吸いこんでこらえる。

奈津実と一緒に東京に戻り、東京で仕事を探し、ずるずると不倫の関係を続けるという手も、あるいはあるのかもしれなかった。

宿で朝ごはんを食べながら、奈津実は遠まわしにそんなことを言ってきた。

「ずるいかもしれないけど、また会いたいな」

正道は苦く笑っただけで答えなかった。

本当にずるい話だった。

正道が欲しいのは奈津実の躰だけではない。

全部だ。

愛や欲望だけではなく、憎しみあい、傷つけあってなお、すべてを分かちあえる夫婦という関係が、まぶしくて仕方なかった。

「正道くーんっ！」

バス停で奈津実が声をあげ、山沿いの道を指さしている。

バスがくだってくるのを知らせているのだ。

正道は濡れた指輪をTシャツで拭い、あわててバス停に戻った。

ついに訪れた別れの時に、どきどきと鼓動が乱れる。

「左手、出してください」

息をはずませながら言うと、奈津実は当然のように左手を差しだした。

その薬指に、結婚指輪を戻した。

戻ってきた指輪を見て、奈津実は笑った。

曇りのない笑顔だった。
どうしてそんなふうに笑えるのだろう。
潮風が長い髪を揺らし、奈津実の笑顔を隠す。
バスが近づいてくる。
到着し、ドアが開くと、奈津実は指輪の光る左手で長い黒髪をかきあげた。
「楽しかった」
バスのステップをあがっていく。
「会えてよかった」
振り返って言った。
「本当だよ……嘘じゃないよ……」
ドアが閉まり、正道は言葉を返すことができなかった。
いや、もう一度ドアが開いても、返す言葉など見あたらない。
バスが発車した。
奈津実が正道を追いかけるように後ろの座席へと向かっていく。
正道もバスを追いかけた。
全力で走った。

道はすぐに急傾斜ののぼり坂になり、あっという間に置いていかれた。

「……くそっ！」

地面を蹴飛ばすと、バランスを崩して道に転んだ。

全力疾走したせいで、膝が笑っていたのだった。

その場で大の字になった。

照りつける太陽がまぶしく、眼をつぶった。

（それなりにいい思いをしたじゃないか……成城の社長夫人だぞ……普通なら抱くことなんてできないんだぞ……旅行までしたんだから満足しろよ……）

奈津実と恍惚を分かちあった日々が、瞼の裏に蘇ってくる。肉欲にまみれ、出しても出しても挑みかからずにはいられない、白い裸身。

だが、蘇ってきたのは映像だけで、音は別の場面のものが被さった。

「やっぱり世の中お金ですよねぇ」

ボディコンの早紀が言っていた。

「いまの世の中、お金がないよりみじめなことってなかろうもん」

こっちは若菜だ。

（金さえあれば……）

奈津実のすべてを自分のものにできただろうか。

奈津実の実家を会社ごと買い取れるような大富豪に生まれついていれば、達夫から奪いとることができただろうか。

涙が出てくる。

結局、すべては金次第なのか。

金がないやつは、女に捨てられても文句は言えないのか。

八つ当たりだとわかっていても、世の中でも呪わなければやりきれない。金が正義と思ってる連中を憎まなければ救われない。


それから数か月後の一九九一年十月に、バブルの崩壊は始まったと言われている。

栄華《えいが》を極めていた日本経済が急激に失速し、土地神話は壊れ、金融機関は崩壊し、名の知れた企業でも倒産が相次いだ。血も涙もない大リストラが日常の風景となり、就職氷河期が訪れた。土地下落のせいで、不動産業と建設業はとくにダメージが大きかった。奈津実の実家の不動産会社や、達夫の実家の建設会社がどんな運命を辿《たど》ったかは、しかし、正道の知る由《よし》のないことだった。

解説――僕らのこぼした涙の数がここにある
――『色街そだち』、そして草凪優

官能小説評論家　猿楽《さるがく》一《はじめ》

童貞は情けない。

童貞は身勝手である。

童貞は妄想ばっかりしている。

そんな三重苦の暮らしを送っているのが童貞というものなのだが、いかがだろうか。みなさんも大いに身に覚えがあるはずだ（あ、現在進行形で童貞の人もいたか。失礼しました）。「大人になってモノを創るような人間は、間違いなく童貞期が長かった」と看破したのは『D．T．』の著者みうらじゅんだが（伊集院光と共著。メディアファクトリー）、われわれ男は童貞ゆえのエネルギーをマグマのようにたぎらせ、そこから何事かを成し遂げる力を得てきたのであった。

その生産構造は、童貞を捨てた後も変わらない。

「偉くなりたい！」とか「金が欲しい！」とかいった成り上がり心の中心にあるものは大

抵「そしていい女とヤリたい！」という魂の叫びだったりする。恥じることはない。男の本音は情けないし、身勝手だし、妄想にすぎないんだけど、その気持ちが男を前進させていくのである。草凪優は、そんな男の内なる童貞心を憎いほど知りぬいた作家なのだ。

『年上の女《ひと》　色街そだち』は、二〇〇六年に刊行された『色街そだち』の続篇である。『色街そだち』は、身寄りを喪《うしな》って浅草《あさくさ》に住む叔母《おば》の元に引き取られた高校生の岸田正道《きしだまさみち》を主人公とした物語だった。向かいのアパートに住む柴山美咲《しばやまみさき》という人妻に強く魅了され、ついには彼女と念願の性交にこぎつける。

美咲だけではなく、ソープ嬢の日向子《ひなこ》、養護教諭の紀代《のりよ》、美咲の妹でバスガイドの若菜《わかな》という面々との裸の交わりによって、彼は性の喜悦の真髄を知っていくのである（特に、女だてらに人力車夫のアルバイトをする雪江《ゆきえ》との青姦場面が絶品！）。セックスを通じて少年が男の逞《たくま》しさを身につけていく成長小説はこれまで多数書かれている。古くは五木《いつき》寛之《ひろゆき》『青春の門　筑豊《ちくほう》篇』といった名作、最近では神崎京介《かんざききようすけ》『女薫《にょくん》の旅』（ともに講談社文庫）などが挙げられるだろう。『色街そだち』はそうした系譜に連なる作品である。一九八八年という時代設定や浅草という土地柄が幸いし、失われつつある昭和の情景を背景に織りこんだ、情緒豊かな傑作だ。

続篇である本書は、前作から三年後という設定になっている。高校を卒業した正道は、進学をせず板前の修業を始めていた。しかし時は一九九一年、まさにバブルの絶頂期である。誰もがマネーゲームに狂奔《きようほん》していた時代、地味な板前修業が二十そこその青年にとって楽しいわけがない。

人生の針路を見失い、自暴自棄になっていた正道は、ふとしたことから奈津実《なつみ》という美貌《びぼう》の人妻と知り合い、ラブホテルで行きずりの関係を持つ。しかし意外なことに彼女は家出をして正道のアパートへと転がりこんでくるのである。夫と離婚して正道と暮らしたいと口にする奈津実とのセックスに、正道はとことん溺《おぼ》れていく。

前作は童貞喪失篇であったが、今度は女体耽溺《たんでき》篇とでも名づけるべきか。官能小説には二通り、いろいろな女ととっかえひっかえのセックスを楽しむものと、一人の女にのめりこんでその体を貪《むさぼ》り尽《つ》くすものがある。本書はどちらかといえば後者に当たる作品である。なにしろ奈津実という女性がいいのだ。お嬢さま育ちらしく気まぐれな性格で、恥ずかしがり屋のところがあるかと思えば、驚くほど性に大胆になる瞬間もある。体のよさは言うまでもない。

「奈津実は異常に躰が柔らかかった。（中略）たとえば奈津実を正常位で押さえこみ、ぐいぐいと抽送を送りこんでいくと、奈津実の片脚がいつの間にか正道の肩に載っていて、それを抱えるようにしてさらに突きあげていくと、お互いの両脚が交錯する、いわゆる松葉崩しのような体位となっている」

とかさ。こんな女とまぐわってみたいと、誰だって思うでしょう？　まして二十歳の正道においておや。

男を狂わせる〈運命の女《ファム・ファタール》〉というのは小説によく描かれるテーマだけど、当の男（正道）に女性経験が少ないわけだからたまらない。そりゃ、将来なんて捨ててしまってもかまわないという気持ちになるわけである。いや、僕にも、あなたにも、そういう気持ちを抱かせる女との出逢いはあったのだ。

童貞だったころや、童貞に毛の生えた状態だったころは、情けないし、身勝手だし、妄想ばっかりしていたから、惚《ほ》れた女に「こいつしかいない」と身も心も捧げ尽くしたはずである。そうした体験が、青春の甘酸《あまず》っぱい一齣《ひとこな》になっているか、それとも悔恨とともに思い出す辛い記憶となっているか。人によってさまざまだろうが、草凪はその気持ちを実にたくみに書くのである。

また、三十代以上の読者にはバブルのころの情景が懐かしく感じられるはずだ。あの狂った時代に、誰もがいい思いをしていたわけではない。僕などはむしろ、どこかでいい思いをしているやつがいるはずだ、と口惜《くや》しい思いをしていたクチです（ボディコン・イケイケのお立ち台ギャルが成金オヤジにズコバコやられている妄想で、何度も眠れない思いをしたものである)。そうした若き日の苦い思いも、本書にはこめられている。男を奮い立たせるすべてが『年上の女《ひと》　色街そだち』には入っているのだ。

草凪優は、官能小説の書き手であると同時に、すぐれた青春小説の名手でもある。


新星・草凪優のデビュー作は、二〇〇四年の『ふしだら天使』だった。この小説は一言でいえば「じらし」の話である。大学生の和智慎一《わちしんいち》はバイト先の女社長の橘理恵《たちばなりえ》に惚れるが、彼女は容易に体を開いてくれない。それどころか、他の女を指名し、その女とセックスして童貞を捨てられたら、考えてやってもいいというのである。本命の女からは相手にされず、主人公は女修業に励むことになる。このパターンは何度か使われていて、『下町純情艶娘《あでむすめ》』では老舗豆腐店《しにせとうふ》の跡取り娘・優貴《ゆうき》がヒロインだった。主人公が豆腐屋として一人前になるまでセックスはおあずけ、というのである。この優貴が処女なので、最初の性交でも痛くて全然気持ちよがらない(しかもかしこどころの匂いは山羊乳のチーズを思わせる強烈な匂い)というのが新鮮であった。

従順すぎるほどに従順なヒロイン、というパターンもあった。『晴れ、ときどきエッチ』のヒロイン由美香《ゆみか》は視聴者憧れのお天気キャスターだが、幼馴染《おさななじみ》の主人公のことを兄のように慕《した》っており、なんでも言うことを聞くのである。『桃色リクルートガール』(以上すべて双葉文庫）は、就職試験の面接官をしていた主人公が、冗談半分に「セクハラに耐えたら入社させてやる」と言ったのを真に受けてしまった香純《かすみ》がヒロイン。これも仕事を得るための試練だと、自ら主人公にセクハラをせがむのである（しかも白昼堂々オフィスで）。この可憐《かれん》さに悩殺され、僕を含む「官能文庫大賞」の選考委員は、この作品に二〇〇五年度の大賞を与えてしまった（『この文庫がすごい！　二〇〇五年度版』宝島社）。何をしても嫌がらないヒロインなんて、まさに童貞の夢そのものじゃないですか！

　その草凪が、少し違った顔を見せたのが二〇〇六年の『みせてあげる』だった。それと知らずにストリッパーの由衣《ゆい》をナンパし、セックスしてしまった上原秋幸《うえはらあきゆき》が後日彼女の素性を知り、後を追うことを決意する。職業がら男とは深みにはまらないという決意を持った女との困難《こんなん》な恋というのが同書の読みどころだった。

　寒々とした由衣の心を秋幸の熱意が溶かしていけるのか。「麝香《じゃこう》の匂いを纏《まと》った可憐《かれん》なストリッパー」とフリーターの恋というのは、ずいぶん分が悪い勝負だと思う。この『みせてあげる』は草凪優の二冊目の祥伝社文庫作品である。その前の『誘惑させて』でも草凪は、キャバクラの雇われ店長・悠平《ゆうへい》とＮＯ・１キャスト・涼羽子《りょうこ》との身分違いともいえる恋を描いていた（涼羽子の部屋に悠平がやっと上げてもらえる場面が秀逸《しゅういつ》。派手な暮らしをしていると思っていた涼羽子だが、実は六畳一間の汚いアパートで、爪《つめ》に火をともすような生活をしていたのだ。その落差に、もちろん男は燃えるわけです）。

どちらかといえばコミカルな味わいの作品が多かった草凪が、祥伝社文庫の一連の作品では切ない物語を描き始めたのである。『色街そだち』のシリーズも、そうした路線に属する作品だ。

童貞ってね、女を知らないから本当の意味では悲しい涙を流さないんですよ。知っているのはオナニーの後の虚しい涙だけだ。人を愛したとき、その人に自らのすべてを注ぎこんだ後に、初めて人は心からの涙を流すことができるのである。虚しい涙じゃなくて悲しい涙、切ない涙だ。『色街そだち』にはそうした涙のにじんだ跡がある。

年上の女

一〇〇字書評

切り取り線

購買動機（新聞、雑誌名を記入するか、あるいは○をつけてください）

□（　　　　　　　　　）の広告を見て	
□（　　　　　　　　　）の書評を見て	
□ 知人のすすめで	□ タイトルに惹かれて
□ カバーがよかったから	□ 内容が面白そうだから
□ 好きな作家だから	□ 好きな分野の本だから

●最近、最も感銘を受けた作品名をお書きください

●あなたのお好きな作家名をお書きください

●その他、ご要望がありましたらお書きください

住所	〒				
氏名		職業		年齢	
Eメール	※携帯には配信できません		新刊情報等のメール配信を希望する・しない		

あなたにお願い

この本の感想を、編集部までお寄せいただけたらありがたく存じます。今後の企画の参考にさせていただきます。Eメールでも結構です。

いただいた「一〇〇字書評」は、新聞・雑誌等に紹介させていただくことがあります。その場合はお礼として特製図書カードを差し上げます。

前ページの原稿用紙に書評をお書きの上、切り取り、左記までお送り下さい。宛先の住所は不要です。

なお、ご記入いただいたお名前、ご住所等は、書評紹介の事前了解、謝礼のお届けのためだけに利用し、そのほかの目的のために利用することはありません。またそのデータを六カ月を超えて保管することもありませんので、ご安心ください。

〒一〇一―八七〇一
祥伝社文庫編集長　加藤　淳
☎〇三（三二六五）二〇八〇
bunko@shodensha.co.jp

祥伝社文庫

上質のエンターテインメントを！　珠玉のエスプリを！

祥伝社文庫は創刊15周年を迎える2000年を機に、ここに新たな宣言をいたします。いつの世にも変わらない価値観、つまり「豊かな心」「深い知恵」「大きな楽しみ」に満ちた作品を厳選し、次代を拓く書下ろし作品を大胆に起用し、読者の皆様の心に響く文庫を目指します。どうぞご意見、ご希望を編集部までお寄せくださるよう、お願いいたします。

2000年1月1日　　祥伝社文庫編集部

年上《としうえ》の女《ひと》　色街《いろまち》そだち　長編官能ロマン

平成19年12月20日　初版第1刷発行

著者　草《くさ》凪《なぎ》優《ゆう》

発行者　深澤健一

発行所　祥《しよう》伝《でん》社《しや》

東京都千代田区神田神保町3-6-5

九段尚学ビル　〒101-8701

☎03（3265）2081（販売部）

☎03（3265）2080（編集部）

☎03（3265）3622（業務部）

印刷所　萩原印刷

製本所　明泉堂

ISBN978-4-396-33400-0　C0193

祥伝社のホームページ・http://www.shodensha.co.jp/

祥伝社文庫

柊《ひいらぎ》まゆみ　人妻みちこの選択

守るべき家庭と恋の狭間に揺れる人妻の心理と性を余すことなく描く。大型新人人妻官能作家、登場！

牧村　僚　フーゾク探偵《デカ》

新宿で起きた風俗嬢連続殺人事件。容疑者にされた伝説のポン引き・リュウは犯人捜しに乗り出すが……

安達　瑶　ざ・だぶる

一本のフィルムの修正依頼から壮絶なチェイスが始まる！　男は、愛する女のためにどこまで闘えるか⁉

安達　瑶　ざ・とりぷる

可憐な美少女を巡る悪の組織との戦いは、総理候補も巻込み激しいチェイスに。エロス＋サスペンスの傑作

安達　瑶　ざ・れいぷ

死者の復讐か？　少女監禁事件の犯人たちが次々と怪死した。その謎に二重人格者・竜二＆大介が挑む！

睦月影郎　寝みだれ秘図

長患いしていた薬種問屋の息子藤吉は、手すさびを覚えて元気に。おまけに女性の淫気がわかるようになり…。